君だけに紡ぐこの声を聞いて

水月つゆ

角川文庫
23938

私らしくいたい。自由になりたい。

そう思っていても、母の指示通りに動くようプログラムされたロボットのように、母が望む道だけを真っ直ぐ進み、それ以外の選択肢は全部排除されている。

できるのは当たり前。できて当たり前の世界。完璧《かんぺき》でいるように求められ、できなければ責められる。完璧以外は欠陥品になり、いつしかそれはゴミ箱へと捨てられる。

私は自分の意思表示さえもできずに今日も母の言いなりになり、ただひたすら〝完璧〟でいるように努力する。

そんな世界で、私は今日も生きていく。

目次

第一章　自由な羽を失くした小鳥

「木下《きのした》さん、助けて！」

　一限目の数学の授業が終わったあと、クラスメイトがプリントを持って私の元へやって来る。どうしたのと尋ねれば、「ここが分からなくて……」と困り顔を向けられる。

「あ、ここね。確かに少し難しいよね。でも、差の二乗の因数分解の公式を使ったら解けるよ」

　私は教科書を確認すると、分かるように丁寧にゆっくりと説明していく。それでも、うーんと首を傾げながら、「もう一回お願い」とクラスメイトに手を合わせられる。

「じゃあもう一度。この公式を使うと、真ん中の－10aが－2・5・aになってそれから――」

　先程よりも丁寧に慎重に言葉を選ぶ。目の前に座るクラスメイトは頷《うなず》きながら、私の説明をしっかりと聞く。あまりにも真剣すぎる空気に何をやっているのか興味を持ち始めるクラスメイトがひとりふたりと集まりだした。すると、先程まで困り顔だった彼女が「あっ！」と声を上げて、「分かった。答えは$(a-5)^2$だ！」と目を輝かせる。

「うん、正解」

と私が答えると「やったー！」とガッツポーズをして喜んだ。その様子を見ていた女子が「やっぱり優等生なだけあるよね！」と言った。その言葉に「分かる！」と同調する数人。

今みたいにクラスメイトから頼られることが度々ある。担任の先生からもしょっちゅう頼み事をされるし、成績は常に上位をキープしている。品行だってよく褒められる。そんな私をみんな〝優等生〟として讃《たた》える。

人に頼られることは嬉《うれ》しいはず。だけど結局、みんなが見ているのは、〝優等生である木下柚葉《ゆずは》〟だ。言い換えればただの〝私〟は見てもらえない。私が優等生でいるからこそ、こうして頼ってくれるのかもしれないと思い、少し複雑でもあった。

「木下さんの教え方って先生たちよりもわかりやすいから、頭良くなりそうだよね！」

「本当？　嬉しいな。ありがとうね」

正直、勉強は好きじゃない。もちろん、できないよりはできた方が得をすることが多いし、受験では有利になる。

「そういえば、この前のテスト返却今日くらいじゃない？」

誰かが言った。その言葉に、みんなが「うわ、そうだった。忘れてた」と青い顔をする。テスト結果に自信がないと口を揃えて言う中、「木下さんはどうだった？」と尋ねられた。

私が通う学校は、全校生徒千人を超えるマンモス校。一クラス三十人で編成されている。毎回テストがあるたびに、学年上位十位までが学校の掲示板に載る。前回のテストで私の名前はそれに載ったから、クラスメイトに私の成績がいいことは知られている。ここでみんなに気を遣って〝私もダメかも〟と同調しても反感を買ってしまうかもしれない。逆に〝点数が悪いはずがない〟と堂々と開き直るのもダメだ。

彼女たちの反感を買わないようにやんわりと答えることにした。

「前回よりも勉強したから自信あるかな」

そうすると、「えーいいなぁ。羨《うらや》ましい」と話は自然と流れる。

「私も勉強したら絶対いい点数取れたと思う！」

「いつも赤点ギリギリの人が何言ってるの」

「ちょっとそれバラさないでよ！」

いつも一緒にいる友達ではないけれど、私のことを慕ってくれているクラスメイト。

みんなから嫌われたくないし、良く思われたいから、私は自分を隠して「優等生」を演じる。いつだって私は、たくさんの人に囲まれていた。

休み時間も残り数分になった頃、広瀬《ひろせ》くんが入り口から入ってきた。

「広瀬やっと帰って来た」

クラスメイトの男子が彼に近づいた。

広瀬くんはいつも不機嫌そうに眉間《みけん》にしわを寄せている。授業が終わるとすぐにどこかへ行く。同じクラスになって二ヶ月経つけれど一人で行動することが多い人だった。そんな謎の多い広瀬くんの肩に、男子が腕を回す。その瞬間、広瀬くんの表情が曇る。

「なぁなぁ、いつも休み時間どこ行ってんの？」

クラスメイトの男子は不機嫌になった彼に気づかずに馴《な》れ馴れしくしゃべり続ける。

「広瀬いつもいなくなるじゃん。だからどこ行ってんのかなーと思ってさ」

「おい……ろよ」

と、広瀬くんがボソッと声を落とす。だけど男子は彼の言葉に気づかない。「それにさぁ――」話し続けようとしたとき、空気がピリッとしたように感じた。

「手退《ど》けろって言ってんだよ」

怒気の籠《こも》った声で言うと、ようやく男子は気づいて「ああ、悪い悪い」と笑いなが

ら肩を叩《たた》く。その行動に広瀬くんは、さらに腹を立てたのか、

「さっきから馴れ馴れしいんだよ」

と、腕をくの字に曲げて払い除《の》ける。男子は、「わ、悪い……」と引き攣《つ》った笑みを浮かべた。チッ、と舌打ちをした広瀬くんは、怒りを纏《まと》いながら自分の席へと戻っていく。

一瞬にして教室の空気が悪くなり、彼に無数の視線が集まった。

一悶着《ひともんちゃく》あった男子も親しげな友達の元へ戻ると、「マジ怖」と呟《つぶや》いていた。傍にいた友達が「いつもあんな感じだよなー」「あいつ友達作る気ねぇな」と広瀬くんの話をしだす。

彼のフルネームは広瀬紘《いと》。切れ長の目にスッと通った鼻筋、背は高く、すらりと伸びる脚はモデルのようで。かっこいいと言われてはいる。けれど、笑った顔を一度も見たことがなく、威圧的な態度や不機嫌な顔ばかりをしているから彼のことを女子は恐れて、誰も近づこうとしない。いつも一人で過ごして、誰かと一緒にいるところを見たことがない。今みたいにクラスメイトは声をかけることが何度かあるけれど、それを全部つっぱねている。どうしてそんな態度を取るのかは不明だが、私も彼のことを怖いと思っているうちの一人だ。

「広瀬くんっていつも怒ってるよね。怖い人なのかな」

私の周りにいた女子もコソッと彼のことを話題に持ち出すと、「不機嫌そうだから声かけるの躊躇《ためら》っちゃうよね」「分かる」と一人二人と話に参加してくる。

私もまだ言葉を交わしたことはないけれど、みんなと同じ印象だった。怖いし、いつも不機嫌そうだし、できれば関わりたくないと思ってしまう。

「広瀬くんって友達いるのかな」

「あんなに不機嫌だったら友達いないんじゃない」

広瀬くんの周りには人が一切寄り付かない。ぽつんと離れ小島みたいに寂しげだ。

彼は、頬杖《ほおづえ》をついたまま空を眺めているようだった。今、彼は何を考えているんだろう。何を思っているんだろう。

しばらくして、本鈴が鳴ると担任の先生が席につくように促していく。みんなまたあとで、と各自席に戻った。

「今から先週あったテストを返却していくから名前呼んだら取りに来るように」

教科は、国語。点数は悪くないと思う。けれど結果が悪くないだけではいけない。母の期待に応《こた》えなければならないから。

先生は、出席番号順に名前を呼んでいく。呼ばれるたびに結果を見て「うわー」「めっちゃ悪」と反応を示すクラスメイト。

「はい次、木下」

そうして私の順番がやって来て、教卓まで向かうと、「さすが優等生の木下だ」と先生は上機嫌で私に答案用紙を手渡す。結果は、九十五点だった。

「うわ、すごい。木下さん、九十点超えてるじゃん！」

席に戻ると、背後から覗《のぞ》き込んだ女子の声により周りのクラスメイトが私の席へ集まって来る。ここで得意げに何かを言うと反感を買ってしまいそうだったので、笑って誤魔化した。

残りの授業時間は、みんなが間違った箇所を先生が説明する。いつもの授業より少し騒がしかったが、私は答案用紙を見ながら他のことで頭がいっぱいだった。

その日は、国語の他に数学と英語のテスト結果も返却された。正直英語はあまり良くなかった。できれば答案用紙は母に見せたくないと思った。

HR《ホームルーム》が終わり、帰り支度をしていると、クラスメイトにまた明日《あした》と声をかけられる。私はそれに、またね、と返し教室を出た。

昇降口でローファーに履き替えて門を抜ける。学校の周りには大きな木々が植えられている。入学式の日には桜が咲いていた。今は六月に入り、すっかりと木々も衣替えをして、新緑の葉っぱが青々としていた。少し歩くと、小さな公園があり、その近くには保育園もある。日中は子供たちのはしゃぐ声で溢《あふ》れ返る。

お迎えを待っているのか園児と先生が砂場で仲良く遊んでいる姿が目に入る。撮りたい衝動に駆られるが、流石に写真を撮るわけにはいかないので、心の中でシャッターを切った。

それから止まっていた足を動かして、大通りに出る。道を歩いていると、横断歩道を挟んだ向こう側から同じ学校の制服を着た男子が歩いてくる。彼の手には袋が提げられていた。どうやらすぐそばのコンビニに寄っていたらしい。

その姿に見覚えがあって目を凝らす。それがある人物だと気づいて思わず声が漏れそうになる。クラスメイトの広瀬くんだった。できれば関わりたくない。だけど、クラスメイトを見かけたのに声をかけないのは不自然なんじゃないのかとも思う。

「広瀬くん、またね」

声をかけるが、不機嫌そうな表情の彼は片方の手をズボンのポケットに入れたまま一言もしゃべらずに私の横を通り過ぎた。一瞬すれ違っただけなのに、緊張して息を呑《の》む。やっぱり彼の雰囲気は怖くて苦手だ。誰にも見られていないのに〝優等生〟を演じる自分が嫌になる。

再び止まっていた足を動かして、横断歩道を渡った。それから十五分ほど歩くと、閑静な住宅街が見えてくる。綺麗《きれい》に並んでいるたくさんの一軒家。人通りは少なく、笑い声も聞こえない。寒々とした空気が充満しているようで、学校の周りとは大違いだった。

「ただいま」

家に帰ると、リビングから母が「おかえり」と現れる。母の視線から逃げるように目を落として廊下を通り過ぎようとしたら、「柚葉待ちなさい」と止められる。

「見せるものないの?」

何かを見透かされているような言葉に答えられずに固まっていると、「この前テストだったでしょ」と母に先手を打たれた。

私が先週テストがあったと伝えたわけではない。だとすると、おそらく母が学校のホームページを見てテストのタイミングを知ったのだろう。今日くらいにも結果が出ると踏んだのかもしれない。

「ごめんなさい、すっかり忘れてた」

母に怒られないように言い訳をしたあと、私は鞄《かばん》の中から答案用紙を取り出して母に渡す。そうしたら、「やっぱり返ってたのね」と母は言い、黙ってテスト結果を見る。その姿は教師の顔に戻っているように見えて、怖かった。

母は、元々教師だった。有名大学を卒業して公立高校に七年ほど教師として勤めていたと聞いた。今は専業主婦。私が小学二年生の頃に子育てのために辞めたらしい。

物心ついたときから母は勉学にとても厳しかった。〝いい点数を取るのは当たり前〟

が口癖で、成績が悪かったりすると、どうしてできないのかと怒られる。同じ失敗は許されない。次こそはできるようにしていなきゃいけない。

そのために私は毎日必死に勉強をしている。どれだけいい成績をキープしていても母にとってそれが〝当たり前〟で、私がいくら努力をしていても、それが評価されることはない。

「国語と数学の点数はいいけど、英語は八十点台じゃない。ちゃんと勉強したの？」

「したんだけど、やっぱり英語が苦手みたいで……」

「そんなのはただの言い訳よ。勉強が足りなかっただけでしょ」

努力が足りないと私を責める。私にとって母は、親というよりも教師という感覚の方が強い。

「こんなんじゃ有名大学になんて行けないわよ。もっと勉強頑張りなさい」

私が大学に行くと望んだわけでもないし、そんなことひと言も口に出したこともないのに、私の進路はすでに決められていた。母によって。

「だ、だけど、進路を決めるのはまだ先だよ」

入学してから二ヶ月しか経っていない。まだ今は六月で一学期すら終えていない。

――それなのに、母は。

「進路決めはね、もう今から始まっているのよ。そんな悠長なこと言ってられないの」

少しイラついた様子で私に言う。

髪の毛を後ろで綺麗に束ねて、昔ながらの大きな丸縁メガネをかけている母。大きくて鋭い目が私を見つめる。捉《とら》えられたら身動きを封じられるような感覚さえある。

いつだって母は、母である前に教師で。私は、そんな母のことが怖くて苦手だった。だから自分の思いを伝えることができない。ずっと飲み込んだまま、必死に母の期待に応えられるように努力していた。

だから、母が祖母のカメラを処分したときだって私は何も言えずに、捨てられていくそれを見つめることしかできなかった。

――私がまだ中学三年生の、夏のころ。友達と複数の高校の学校見学に行った。中学生だった私たちには、高校生が輝いて見えた。充実しているように見えた。高校生になったら、部活動もやってみたいし、アルバイトもしてみたかった。

「私はね、柚葉。あなたに期待してるの。あの子は自分勝手なことしてるけど、柚葉はそうじゃないって信じてる」

母の言葉は、いつだって私にプレッシャーを与える。姉と私を比べている。私自身を見てくれたことなんてない。

「今のご時世良い大学を出てないとまともな就職先なんてそうそうないのよ。今、柚葉がお金の不自由もなく暮らせているのは誰のおかげ？」

「……お父さんのおかげ」

「そうでしょ。お父さんは有名大学を卒業して今の会社に勤めてる。大学があっての今なのよ。分かる？」

諭すなんて可愛げのあるものなんかじゃない。言葉でねじ伏せられている感じ。

「柚葉はこの結果で満足してるつもり？　してないわよね。当然よねえ。まだ努力が足りないもの。自分が一番分かっているはずよ」

重圧に押しつぶされそうになり、笑うこともままならない。

私の自由を奪う。好きにさせてはもらえない。思ったことも口に出せない。いつも飲み込んで、そのたびに私の胃はキリキリと痛んでしまう。

「そうだよね……うん。私、頑張るね」

無理やり笑って見せる。

――けれど、私は今本当に笑えているのだろうか。

母と分かれて二階に上がると、扉が三つ視界に映り込む。一つは両親の部屋。もう一つは私の部屋。そしてもう一つは、私の部屋の向かいにある姉の部屋。

二歳上の姉は、私とは別の高校へ通っている。県内トップクラスの高校だ。有名大学へ行く人も多いらしい。少し前までは、姉も母の期待を背負って大学へ行くと思っていた。誰もがそう思っていた。

それなのに私の高校受験直前に姉が突然、何の前触れもなく、『専門学校へ行くから』なんて言ったせいで私は今の高校へ行くことになり、そして大学を目指すように強要されている。

姉のことを考えるだけで、やり場のない怒りが込み上げてくる。

自室に入ると、鞄を置いてその中から答案用紙を取り出す。全部、八十点〜九十点台。どれも悪いようには見えない。けれど、こんなんじゃ母の期待を超えることはできない。

答案用紙を床に落としてベッドに突っ伏す。胃がキリキリと痛む。さっき言いたいことを我慢したからだ。いつもそう。言葉を飲み込んで、母のプレッシャーを受けているから、身体は常に悲鳴を上げている。目を閉じて、痛みに耐える。

――『柚葉ちゃん、いい笑顔ねえ』

瞼《まぶた》の裏側に祖母の笑った顔が浮かんで、目を開けておもむろに起き上がる。

本棚に向かい、ある本の背表紙にそっと触れる。母に見つからないように隠している〝ある本〟を抜き出した。本のタイトルは、『フィルムカメラのはじめかた』。お年玉でこっそりと母にバレないように買った写真関連の本は十冊以上ある。たまに勉強の合間に本を開いて、小さな夢に思いを馳《は》せる。

——あれはまだ私が七歳の頃。祖父が亡くなり、祖母と一緒に経営していた写真館を閉めることになったらしいが、残していたカメラで祖母はよく私と姉を撮ってくれた。

祖母が『ここを覗《のぞ》いてごらん』と小さなファインダーを指差して、促されるように私はそこを覗いた。小さなレンズの奥に見えたのは、小さな世界だった。それでも草木や花、空の色が濃く見えた。はっきりとくっきりと色鮮やかで、世界が光り輝いて見えた。

あのときのわくわくした気持ちと、キラキラして見えた世界が忘れられない。ほんとはずっと恋い焦がれている。

——『おばあちゃんは、どうして写真をとるようになったの？』

一度、子供ながらに疑問だったことを尋ねたことがある。

そうすると祖母は、そうねえと私の髪を撫《な》でながら、『みんなが幸せでいられるようにかしら』と穏やかな声で教えてくれた。

——『幸せ？』

——『写真にはね、思いが込められるの』

——『思いってなあに？』

——『楽しい思いや幸せな思いとか、その一瞬の思いを写真に残せるの。あとになって見返したら、このときはこんなに楽しかったなぁって思い出せるでしょ』

――『わたしも楽しい思い出残したい！』

あの頃から私には夢がある。だけど、それを叶《かな》えることができない。

「……おばあちゃん、私どうすればいいのかな」

机に置いている祖母との思い出の写真を見て、ポツリと言葉が漏れる。

もちろん返事なんかあるはずもなく、写真の中の祖母はたくさんのしわをくしゃりと作り笑っていた。

私がどんなに苦しくて。

「……逃げたい」

そう思っていても、逃げることはできない。

私には、ずっと鎖が繋《つな》がっている。重たくて、固くて外せない枷《かせ》。私の自由を奪って自由に空を飛ぶ羽さえもなくなった。羽を失くした鳥は空を飛ぶことができない。

私は、姉の代わりにこれからもずっと母の言いなりになるしかない。

それが、この世界に生まれてきた理由なのかもしれない。

＊＊＊

テストの結果が全て返却されてしばらく経った、ある日の朝。学校へ行く前、テレビ画面に『SNSを騒がせている迷惑動画』という文字が大きく目立つように表示されていた。

やっていない人を見つけることの方が難しいSNS。簡単にいろんな人と繋がれて、仲良くなれる。好きな作家さんやアーティストなどをフォローすると、繋がれた気になれるとか。中学のとき友達に勧められて登録だけはしたけれど、勉強で忙しくて一度も投稿したことがない。

『SNSで迷惑動画を上げていた人物はなんと高校生だったようです。警察によると、友人同士で動画を撮影中、どちらが面白いことをできるかと競争になり今回の騒動につながったようです。このようなことが起こる前に、誰かが止めに入ったり、冷静に判断する人が近くにいれば、今回の騒動は未然に防げたのではないかと思います』

アナウンサーの言葉にふと考える。

確かに人の迷惑になるようなことをするのはよくない。でも、動画が撮られているということは、画面の外に彼の行動を止めずにカメラを回してた人がいるってことだよね。ニュースでは、迷惑動画の人物一人しか報道されていない。それってどうなんだろう。もちろん悪いのは彼自身だけれど。

テレビに夢中になっていると、「そろそろ時間よ」とテレビを切りながら母に声をかけられる。高校生になってから、私はろくにテレビを見ることすらできない。不満を感じながらも何も言えない私は、身支度を整えて学校へ向かった。

二十分ほど歩いて学校に辿《たど》り着く。一度目を閉じて呼吸を整えてから門を通った。

私が教室に着いてしばらくすると、クラスメイトが登校してくる。私は教科書を広げて予習をしている。みんなは、おしゃべりをしたりスマホを見たりと様々だった。

「SNSの迷惑動画見た？」

前の席で話していた女子二人がそんな会話をし始めて、一人が「知ってる！　これネットニュースになってるよね」とスマホを二人して見ていた。

「それ、私もニュースで少しだけ見たよ。確か高校生だったよね？」

気になった私は彼女たちの会話に参加すると、「そうそう高校生。びっくりだよね」と二人の視線が私の方へ向いた。

彼女たちの話によれば、SNSで迷惑動画を上げていた高校生が捕まった理由は、ネットに上がった動画が炎上して、さらには身元まで拡散されてしまったことらしい。大炎上して、事の重大さを後になって理解したと、親と一緒に出頭してきたみたいだった。

「あー俺もそれ知ってる」

クラスメイトの男子が話に交ざってくる。「動画見たけど、マジでタチ悪いよな」

と続けた。

ニュースの話題を話し終えたあと、不意にクラスメイトに尋ねられた。

「そういえば木下さんってSNSやってる?」

「興味はあるんだけど、まだ使ってないんだよね」

登録はしているけれど、稼働率はほぼゼロのアカウントをフォローされたら恥ずかしくて、していないと答えると、「えーそうなんだ。勿体《もったい》無い」と驚かれる。それを聞いていた周りの女子が何の話してるの、と一人二人と集まってくる。SNSの話題だと知ると、「私も使ってるよ」といえば、アカウント名を教えてだとかフォローしてもいいかとかたちまち会話は盛り上がる。入学して二ヶ月も経てばクラスに馴染《なじ》んで、みんなと仲良くなりたいと思う人が増える。これ見よがしに、みんなスマホを取り出して情報を交換する。

みんなの表情はキラキラと輝いているのに、一方で私はその話題に踏み込むことができず、愛想笑いを浮かべていた。

「木下さんSNS始めたら教えて。私、フォローするし」

クラスメイトに言われたので、分かった、と承諾した。

人が増えて、教室はいろんな話で騒がしくなる。まるでお祭りのように、笑い声や拍手など様々だ。

そしてギリギリに登校してきた広瀬くんは、不機嫌で威圧的な雰囲気を纏《まと》っていた。

「広瀬くん、今日も不機嫌そうだね」

「ほんとだね。目合わないように気を付けよう」

広瀬くんが一番最後に教室にやってくるのは、いつものことだった。


放課後、私は掃除当番だったので教室の整頓《せいとん》を数人と残ってすることになった。

クラスメイトが、「部活に遅れそうだ」とか「このあと友達と待ち合わせしてるのに」と慌てていたので、何も用事がなかった私が一人残ると立候補した。みんな、「ありがとう、助かる」と言って忙《せわ》しなく教室を飛び出していった。

口を結び終えたゴミ袋を摑《つか》んで教室を出たところ、「おーよかった。まだいた」と担任の先生が私に駆け寄ってきた。

「実はちょっと木下に頼みたいことがあるんだが、このあと時間あるか？」

先生は困ったことがあると、すぐに私に頼む。信頼してくれているってこともあるんだろうけれど、多分、私が断らないって知っているから声をかけるんだと思う。

「ゴミ捨てのあとなら大丈夫ですよ」

私がそう答えると、「それが終わったら旧図書室に来てくれ」と言われた。私は二つ返事で引き受ける。

一人でゴミ捨て場に向かっていると、「ねぇねぇ、さっきのって広瀬くんって人じゃない？」とゴミ捨て場の近くにある渡り廊下の方から声が聞こえて足を止めた。

「広瀬くんって誰？」

「この前、うちのクラスの男子が廊下で広瀬くんにぶつかったらしいんだけど、目つきすごい悪かったって言ってたよ」

「あー私も知ってる。その場にいたから分かるけど、確かにすごい怖そうだった」

「なんか噂なかったっけ。よく喧嘩《けんか》してるとか」

この学校に広瀬くんって生徒が他にもいたりするのかな。特別珍しい名字ってわけでもないから可能性はあるだろうけど、こんな偶然があるとも考えにくい。

あんなに不機嫌で怖いのは、広瀬くんが元々そういう性格の人ってこと？　もしかして不良？

「……ま、まさかねえ」

真面目な人ばかりの学校でそんなことあるはずがないと笑い飛ばしながら、ゴミ箱に袋を捨てた。

それから一度教室に戻り鞄《かばん》を持って、旧図書室へ向かう。

「すみません、遅くなりました」

入り口から顔を覗《のぞ》かせると私に気づいた先生が、「おー来たか」と中へ手招きをする。滅多に来ない旧図書室は窓が閉め切られていて少し埃《ほこり》っぽかった。

「ちょっとここで待っててな。もう一人いたはずなんだが……」

「誰かいたんですか？」

「今日広瀬が日直で、さっき日誌届けに来たときに引き止めたんだよ。手伝ってくれって。先にここに来るように言っておいたんだが……」

先生は廊下に出て確認しながら、「ったく、どこ行ったんだ」とため息をついた。

「広瀬くんって……」

「ん？　クラスメイトにいるだろ。俺の頼み事なのに他クラスの生徒を呼んだりしないぞ」

「そ、そうですよね」

「まあいいや、先に木下に説明しておくか」

先生は諦《あきら》めたようにため息をつくと、旧図書室に入って来る。

「今から旧図書室の掃除をしてほしいんだ。新館の図書室にまだ本の移動が済んでいないのは知っているだろ」

「あ、はい。最近になって新館に少しずつ本を移動させてるって……」

「そうだ。それで定期的に掃除をしなきゃいけないんだが、今日が俺の当番でな」

と、本棚に溜《た》まっている埃を指でなぞりながら、「それをすっかり忘れてたんだよ」

と呆《あき》れたように笑いながら、ふうっと息で吹き飛ばした。

「しかもよりによってこれから会議に出なくちゃいけなくてな。広瀬だけじゃ心許《こころもと》ない。だからこんなこと頼めるのは優等生である木下しかいないと思ったんだ」

最後の頼みの綱だとでも言わんばかりの言葉のあとに、「どうだ。やってくれるか？」と両手を合わせて申し訳なさそうに笑った。

「私でよければ大丈夫ですよ」

そう答えると、安堵《あんど》した様子で、「ほんとか。助かるよ、木下」と先生は胸を撫《な》で下ろす。

――のも束《つか》の間。

「じゃあ俺帰っていいすか？」

姿を現したのはどこかへ消えたはずの広瀬くんだった。

「おい広瀬。どこ行ってたんだ」

「喉《のど》渇いたんで飲み物買いに行ってました」

彼は、缶コーヒーを持っていた。

「それは悪かった。掃除の件だが、残ってくれないか。作業は二人じゃなきゃ終わらない」

「先生もするんじゃないんですか」

「それが今から職員会議があってな。だから頼む、広瀬も手伝ってくれ」

一言も話したことのない広瀬くんと二人きりで掃除をしなきゃいけないなんて、どうしよう……断りたい。けれど、承諾してしまったあとだし、やっぱりできませんなんて言えない。

「じゃあ二人とも悪いがそういうわけだ。頼むな」

と、言ったあと先生は旧図書室を慌ただしく飛び出した。

その瞬間急にやってくる静寂に息が詰まりそうになる。だけど、何もしなければ終わらない。

「えっと、広瀬くん、よろしくね……？」

いつも通りみんなと話すような雰囲気で声をかけるが無反応。私、馴《な》れ馴れしかったのかな。気まずい空気が流れて、居心地が悪くなる。だけど、怯《ひる》んでいたら何も進まない。

「ここ暑いし窓開けるね。広瀬くんは雑巾《ぞうきん》をとってきてくれる？」

この暑さの中、掃除をするのは不可能だし、この空気の中耐えられないと判断した私は全ての窓を開放した。もちろんそこから入り込む風は、お世辞にも涼しいとは言えなかった。

私の言葉には無反応で、先ほどまで不機嫌そうに眉間《みけん》にしわを寄せていた広瀬くんが、渋々雑巾を準備しに行く姿が見えた。

それからは黙々と、埃を叩《たた》き落としたり、汚れがひどいところは雑巾で拭《ふ》いたりした。倒れている本があったら綺麗《きれい》に整頓する。

『趣味』のコーナーを片付けていると、『カメラで写真を撮るコツ』というタイトルの本を見つけたので、おもむろにそれを掴みページを捲《めく》った。初歩的な指導書で知っている知識ばかりだったけれど、写真にまつわる本を見つけるとつい手に取ってしまう。

「何してんの」

不意に声をかけられて、顔を上げると、広瀬くんが少し離れたところから私を見ていた。顔はよく見えなかったけれど、掃除中に自分だけ本を読んでいたことに怒っているかもしれない、と慌てて本を閉じる。

「ごめんなさい。写真の本があったからつい手に取っちゃって……」

本を棚に戻していると、「写真好きなんだ」と広瀬くんが尋ねる。まさか話をふられるなんて想像もしていなくて一瞬固まってしまった。

「あ、うん。おばあちゃんの影響で小さい頃から写真に興味があって、それでこういう本見つけると読みたくなっちゃうというか。おばあちゃん元々写真館を経営してたから、それでよくカメラを見せてもらってて」

話し出したら止まらなくなってしまった。けれど、彼は興味なさそうにしているから、「勝手にしゃべりだしてごめんね」と軽く笑って話を終える。

会話を繋《つな》げてもらえたからって一方的にしゃべるのはよくなかったかもしれない、と反省してまた掃除を再開する。が、広瀬くんのことが気になって集中できない。

つい数分前に他クラスの子が広瀬くんのことを噂していた。クラスメイトも彼のことを恐れている。私だって少し怖い。だけど見た目だけで〝怖い人〟と決めつけてしまうのはよくないんじゃないかと思った。

もしも本当に怖い人なら、先生に頼まれたとはいえ何もやらずにすぐに帰るはず。だけど、広瀬くんは面倒くさがりながらも、雑巾で汚れを拭いたり、本棚を整頓《せいとん》したり、真面目に手伝っている。広瀬くんって、一体どんな人なんだろう。

「あのさ、私も聞いていいかな」

気になって声をかけると、彼は静かにこちらを向いた。

「広瀬くんは何か好きなことある？」

口の中が急速に乾いていくのを実感しながら、おずおずと尋ねた。

すると、少し眉間にしわを寄せて不機嫌そうにしているのが見えた。ほとんどしゃべったこともない人からそんなことを聞かれて困惑しているのかもしれない。

「あ、えっと、少し気になって聞いてみたんだけど、余計なことだよね。ごめんなさい」

少し広瀬くんのことを気になったからって、私調子に乗りすぎた。

「……ヒー」

わずかに広瀬くんは口を動かした。けれど、窓から入り込む運動部の声が重なってよく聞き取ることができなかった。

「今、何か言った？」

「べつに」

彼はひと言告げて口を閉ざし、作業を続ける。気になって広瀬くんを見つめていると、私の視線に気づき手を止めて、「何？」とこちらを向いた。

「あ、ううん、何でもない。ごめんなさい」

それからは黙々と掃除を続けた。終わったのは十七時を過ぎたところだった。担任の先生が「おつかれ、助かったよ」とジュースを持って戻ってきた。広瀬くんは黙ってそれを受け取ると旧図書室を出て行った。私はジュースのお礼をしたあと先生に頭を下げて、あとを追うように急いだ。

昇降口についたときには、すでに彼の姿はなかった。ローファーに履き替えて門へと走り左右を確認すると、左の道の少し先の方に広瀬くんの姿が見えた。私は彼から離れた後ろを歩く。

お互い知らんぷりをしているみたいに距離をとって歩いている私たち。それってなんかおかしいな。声をかけようと思ったが、また鬱陶《うっとう》しがられたらどうしようと思うと躊躇《ためら》ってしまう。

――どうして私は、こんなに広瀬くんのことを怖がってるんだろう。

恐れるのは、広瀬くんのことを何も知らないから。怖いと思うのは、彼に対する勝手な先入観があるから。まだ何も広瀬くんのことを知れていないのに決めつけるのはよくない。

「広瀬くん。さっきは、お疲れ様！」

私は彼の背中に向かって大きく声を張り上げた。すると、前方を歩いていた広瀬くんの足が止まり、振り向いた。そして、「そっちこそ」と声がいつもより穏やかに感じた。そのおかげもあってか、わずかに口角も上がっているような気がして見えた。

「そっちに行ってもいい？」

おずおずと尋ねると、「べつに」と返される。私は急いで彼の元へ駆け寄った。

「広瀬くん帰り道こっちなんだね」

緊張して声が震える。私は今、うまく笑えているだろうか。

「そういえばこの前、コンビニ近くで会ったよね。広瀬くんはあの辺りに住んでるの？」

どこまで踏み込んでいいのか分からずに手探りで会話を続ける。返事を待つ間も不安でたまらなかった。

「桜井町《さくらい》に住んでる」

広瀬くんの声が返ってきたことで安堵《あんど》する。

「木下は？」

「私は、黒田《くろだ》町だからここから少し歩くかな」

「ふーん。意外と近かったんだ」

「ほんとだね。もしかしたらどこかですれ違ってたかもしれないね」

「そうだな」

はじめのうちは緊張していたが、広瀬くんが返事をくれるからこの話題は大丈夫なんだなと確かめているうちに、少しずつ慣れてきた。どこの中学だったとか行きつけのお店とか他愛もない話で盛り上がり、あっという間に時間は過ぎて行った。人通りの多い交差点を進んでいく。五分くらい歩くと、分かれ道に差し掛かる。

「俺、こっちだから」

あんなに二人きりでいるのが気まずいとか怖いとか思っていたのに、その気持ちは嘘みたいに消えていた。

「じゃあ、また明日《あした》ね」

別れを少し寂しく感じながら広瀬くんに軽く手を振るが、無反応のまま私を見つめる。

「……広瀬くん？」

馴《な》れ馴れしかったかな、と不安になり声をかけると、広瀬くんは、「ああ、いや。何でもない」と我に返った。

「またな」

とだけ返事をすると、広瀬くんはすぐに私に背を向けて歩き出した。

いつもは遠くから眺めているだけで、話したこともなかった。けれど、話してみると普通の人で怖いなんて感じなかった。広瀬くんと過ごした証拠みたいなものを何か形に残したくなって、私はスマホを取り出すと、そうっとレンズを向けた。彼の後ろ姿が大きくて、たくましくて、だけど優しくも見えた。

私は彼の後ろ姿を見つめたまま「またね」と軽く口ずさんで分かれ道を進んだ。

家に帰ると、母に帰宅時間が遅いことを指摘された。が、先生の手伝いをしていたと事実を告げると、それ以上は疑われることはなかった。

＊＊＊

それから相変わらず広瀬くんは一人だった。クラスメイトの男子が話しかけても彼がまともに返事をすることはない。

数日前、偶然二人になったから話すタイミングがあっただけで、おはようなんて声をかけたら鬱陶しいって思われるに違いない。そんな思いが邪魔をして声をかける勇気がなかった。

放課後、廊下には「部活に遅れる！」とか「今日どこ遊びに行く？」というにぎやかな声が溢《あふ》れていた。一方で私は、これから真っ直ぐ家に帰るだけ。何も楽しいことなんてない。自分とは違うみんなを見て羨《うらや》んで、それでも変わることができない自分に嫌気がさして、憂鬱《ゆううつ》な気持ちで学校をあとにする。

もう少しで家に帰り着くというところで、「あ、柚葉！」と声が聞こえて立ち止まった。

その声を聞いただけで脳裏に浮かび上がる人物。胸の奥がドクンと嫌な音を立てる。アスファルトの擦れたような音が近づくたびに、全身の血が逆流しているみたいに、私はひどく動揺する。

「今帰りなんだ。早いね」

――私の姉、美晴《みはる》だった。

「私、今からメイク用品買いに行くんだけど、柚葉も一緒に行かない？　それ終わったらカフェにでも行って話そうよ」

まるで私たちの間には何もなかったかのように〝仲の良い姉妹〟としてしゃべりかける姉は、「家だとお母さんいるし」と続けた。どうしてそんなに普通でいられるのか理解できずに、私は、怒りで震えそうになる手のひらをぎゅっと握りしめる。

「柚葉といろいろ話したいし、私甘いもの奢《おご》るから一緒に行こうよ」

何も答えない私をよそに、カフェに行こうと誘ってくる。

姉は自分の考えだけで行動をする。小さい頃は、行動力もあってしっかりと自分の思いを伝える強い姉に憧《あこが》れたこともあったけれど、今はそれが嫌いでしかたなかった。

――『お願いだから、美晴のようにはならないでね』

――『私はあなたに期待しているの』

母の言葉を思い出し、姉を視界に入れるのも嫌だった。

姉は自分の好きなことを目指せる自由な世界にいる。楽しんでいる。私とはまるで別世界。一方で私は自由を奪われた羽のない、飛べない鳥。鳥籠《とりかご》の中に閉じ込められた鳥。

「……行かない」

この怒りを誰にぶつければ止まるのだろう。

誰に理解してもらえるのだろう。

「何で、一緒に行こうよ。最近できた有名なカフェだよ。パンケーキが人気なんだって。柚葉甘いもの好きだったでしょ」

何度も何度も私の名前を呼ぶ、その声が耳障りでたまらなくて。

「だからっ、行かないって言ってるでしょ！」

私の声があまりにも大きかったのか、姉は少し驚いて笑顔を引き攣《つ》らせる。

「お姉ちゃんはいいよね。自分の好きなこと追いかけられて、自由になれて、いいよね」

私の言葉にムッとした姉は、「何それ」と怒気を含んだ声で呟《つぶや》く。

怒りたいのは私なのに。叫びたいのは私なのに。どうしていつも私だけがこっち側なのだろう。こんな世界にうんざりしていた。

「……お姉ちゃんの顔なんて見たくない」

私は踵《きびす》を返して、その場から走って逃げた。

どこに行こうかなんて考えていない。それでも必死に走って住宅街を抜けた。姉の声は聞こえない。追いかけてくる気配も感じない。

「なんで、私ばっかり……」

涙がじわりと滲《にじ》んでくるが、それを必死に手で拭《ぬぐ》った。

姉が突然専門学校に進むと言い始めたのは、去年の十月頃。ちょうど進路を決める時期だった。私が中学三年で姉が高校二年生。今まで母に逆らったことのない姉は母が望んでいる大学へ進むのだと思っていた。けれど、ある日の夜、私が勉強をしていると母の怒鳴り声が響いたときがあった。何だろう。そう思い一階に下りると、リビングに姉と母と父の三人が集まって何かを話しているところだった。簡単に入ってはいけないような雰囲気を感じて、廊下で立ち止まり、三人の会話を聞いていた。

『美晴。私はあなたの将来が心配で言っているのよ。どうしてそれが分からないの?!』

姉が通っている高校は県内トップレベル。高校受験前、姉は夜遅くまで勉強していた。嫌な顔ひとつ見せたこともなかった。

『ほんとに私のことを心配してるわけじゃないでしょ。お母さんが心配してるのは世間体。有名な高校まで行ったのに私が美容専門学校に行くなんて言い出したから、その噂が広まって周りから何て思われるか恐れてるだけ。それって結局は自分の保身のためでしょ』

姉の言葉のあとに、ガタンと何かの音がしたかと思えば、パチンッと乾いた音が鳴った。直後、『親に向かってその口の利き方は何よ』と母の怒鳴り声が聞こえた。そのあと、姉が何かを呟くが、扉のせいでくぐもってよく聞き取れない。『待ちなさい』

と母の怒気の籠《こも》った声が聞こえたあと、頬を押さえながら廊下に飛び出してきた姉と鉢合わせした。

『……お姉ちゃん』

声をかけるが、姉は悲しそうに微笑んで通り過ぎた。

いつまでも姉の名前を呼ぶ母と、それを止める父がリビングに残される。私は何もできずにしばらくその場に立ち尽くしていた。

それから姉は、母の制止を振り切って進路票を提出してしまった。身勝手に事を進めた姉に母は落胆し、期待するのをやめた。

私は、そのとき中学三年の二学期。進路決めの真っ最中で、夏に友達と見学に行った高校を第一志望にしていた。そこは、部活動が盛んで、規則も緩く偏差値も高すぎないため学業と部活を両立できそうだった。そこへ行けば望んでいる学校生活を送れると思っていたのに、母が『より大学受験に有利な学校に行きなさい』と今の高校を選んだ。

友達とバラバラになり、憧れていた高校生活を送ることができないまま私は母に縛られている。姉のように両親にやりたいことを伝える勇気はもてなかった。まだ高校に入学したばかりなのに、部活に入ることも許されず、私の将来はすでに決定済み。きっと私が何を言っても、それは決して覆ることがない。

「お姉ちゃんなんて嫌い……」

必死に、溢れそうになる涙を拭った。

今は終わりが見えない。どこまで行ってもゴールはない。ただひたすら辛《つら》くて苦しい長い道のりをひとりぼっちで歩き続けている。

私は母を怒らせないように、母が描いている〝理想通りの私〟になるために必死に自分の気持ちを押し殺して生活している。それなのに、何事もなかったかのように平気で話しかけてくる姉が無神経すぎて嫌になる。

私は、まだ覚えている。あの日の言葉も、表情も、両親との会話も。あの日から変わってしまった私の生活。みんなみんな姉のせいだ。私を置き去りにして自分だけ自由になった姉のことを、私は許すことができない。

執拗《しつよう》に干渉して私の将来を決めてしまう母も嫌いだし、何も言わない父だってそう。みんなみんな大嫌いだ。

「——木下？」

絶望の中、突然、聞こえてきた声にゆっくりと足が止まる。恐る恐る顔を上げると、私を見つめていたのは。

「広瀬くん……」

クラスメイトの彼だった。学校の制服ではなく、黒色のシャツに黒ズボンに、買い物袋を持っていた。

「こんなとこで何してんの」

広瀬くんの言葉に「え」と辺りを見回すと、すぐそばにあった電柱に【桜井町】と書かれていた。いつのまにかこんなところまで来ていたみたいだ。

「……散歩してたの」

無理やり笑ってみせるが、「そんな感じには見えねぇけど」とすぐに嘘がバレてしまう。

「なんかあった?」

「……何もないよ」

「いつもと違うように見えるけど」

今までずっと優等生で人前ではちゃんとしているつもりだった。笑うことは得意だったし、誤魔化すこともできていたはずだった。それなのに広瀬くんに見破られてしまってからは、もううまく笑うことができそうになかった。

「……ちょっと家に帰りたくなくて……」

今、帰ったらまた姉に声をかけられる。とてもじゃないけれど、平常心ではいられなくなる。

「何で帰りたくねぇの」

尋ねられるけれど、理由は言いたくなかった。口にも出したくなかった。姉のことを思い出すだけで黒い感情が、お腹の真ん中あたりで渦巻いて、それと同時に胃がキリキリと痛みだす。

「よく分かんねぇけど、今時間ある？」

どうしてそんなことを聞くんだろう、そう思いながら。

「……少しだけなら大丈夫だけど」

「じゃあついて来て」

と彼は私に背を向ける。私はわけが分からなくて、どこに行くのか尋ねる。けれど「ついて来れば分かるから」と結局理由を教えてくれることはなく、広瀬くんはどんどん先に歩いて行く。無視をするわけにもいかず、私は仕方なく彼のあとを追いかけた。

歩くこと数分。レンガ調のレトロな落ち着いた外観の一軒家の前にたどりついた。

「ここ、ばあちゃんが喫茶店してんの。で、この二階が自宅なんだけどさ、俺も夕方ここでバイトしてんだよね」

いろんな情報を聞いて固まっていると、「こっち」と彼は店内に入って行く。ドアの上部についていた鈴のようなものがカランコロンッと音を立てる。

「入ってもいいの？」

私が入り口付近で立ち止まっていると、「いいよ」とカウンター席を指さした。私はそれに促されるように、ゆっくりと足を進める。店内は温《ぬく》もりのあるおしゃれで落ち着いた雰囲気をしていた。

「広瀬くん、バイトしてたんだね。全然知らなかった」

「ああ、だろうな。誰にも言ってねぇから」

口調は学校のときと同じように荒っぽいけれど、雰囲気はどこか柔らかく見えた。

「なんか飲む？」

彼は私に尋ねる。カウンター席の机の上に立てかけられていた小さなメニュー表を見る。

「一番飲みやすいのって……」

「ここのコーヒー結構飲みやすいと思う」

「じゃあ、アイスコーヒーで」

自信のない声で言うと、「了解」と彼は慣れた手つきで準備をする。

カウンターの奥には、見慣れない機械がたくさん置かれていた。店内の落ち着いた雰囲気と漂っている珈琲《コーヒー》豆の匂いで心は安らぎ、少し落ち着いてきた。

「コーヒーって種類によって作り方違うの？」

気になって尋ねてみると、少し驚いた顔をしたあと、「違うし、淹《い》れ方によっても味変わる」と広瀬くんは答える。

「ブレンドコーヒーだったら豆を挽《ひ》いたあと、これを使って抽出する」

そう言って、カウンター上に置いてある丸いビーカーのようなものを指差した。中学校の理科室で見たような器具に似ていた。

「一番苦いのでいえばエスプレッソだけど」

「エスプレッソ？　初めて聞いた」

私が興味を示していることに気づいたのか、「じゃあ飲んでみるか？」と彼は言うと、珈琲豆を何かの容器に入れて、上についているレバーのようなところを摑《つか》んで回す。すると、その瞬間、ふわっと珈琲豆の香りが充満した。次に違う機械にセットして、小さなマグカップを受け皿にしてボタンを押すと黒い液体が落ちてくる。差し出されたエスプレッソという飲み物は、とても深い黒色をしていた。匂いを嗅《か》いでみると、珈琲豆の濃い匂いがする。どんな味がするんだろう。全く想像もできなくて、恐る恐る口にする。

「ヴっ、苦い……」

一口、口にしてみただけで顔を歪《ゆが》めるほどの味に、思わず渋い声が漏れた。

「そりゃそうだ。飲み慣れない人は特に苦く感じる。飲もうなんて考えねえよ」

そんな私を見て、口角を上げた広瀬くん。

「じゃあ、どうして勧めたの？」

「興味示してるようだったから」

広瀬くんは、無邪気な子供が悪戯《いたずら》に成功したときのように笑った。

「……あ、笑った」

小さくポツリと呟《つぶや》くが、広瀬くんには聞こえなかったようで、そのあとは注文通りにアイスコーヒーを準備してくれる。

「お待たせ」

広瀬くんは、カウンター席までやって来ると、机の上にアイスコーヒーを置いた。

普段はコーヒーをブラックで飲まないから、思わずグラスを凝視する。

「まさか飲むの初めてか」

「う、うん、実は……」

恥ずかしくなって小さな声で返事をすると、「へーそうなんだ」と驚いたあと、「でもうまいから、それだけは保証する」と言ってカウンターに戻って行く。

ブラックコーヒーって苦そうなイメージがある。実際さっきのエスプレッソは、すごく苦みが強くて飲めそうになかった。私はストローを恐る恐る口に運ぶ。

「おいしい」

苦みというよりもまろやかな豆の味がして、後味にほのかに甘みが広がる感じがした。

「だろ」

と得意げな様子の広瀬くん。たった二文字なのに、自信が伝わってくる。

「結構豆にこだわってるんだよ。コーヒー苦手な人でも飲めるようにって。色々取り寄せて試してみたんだ」

「珈琲豆ってそんなにたくさんあるの？」

「俺も全てを知ってるわけじゃねぇけど、豆の種類はたくさんある。豆や焙煎《ばいせん》の仕方によって苦みも後味も全然違う」

カウンター越しに話す広瀬くんは、とても楽しそうだ。学校では見たことない彼の姿に戸惑って固まっていると、「何？」と尋ねられる。

「あ、いや、意外としゃべるんだなぁと思って、ちょっとびっくりしてる」

私がそんなことを言うと、「あー……」と我に返ったような、照れくさいような顔をして。

「好きなもののことになると止まらないんだよな」

「どうして好きになったの？」

「俺が中学三年のときだったかな。ばあちゃんが淹れてくれたコーヒーがすげぇうまくてさ。それからなんだよな、ハマったの」

「中学生でコーヒー飲むって大人だね」

中学生時代の広瀬くんは、どんな人だったんだろう。

「アルバイトは大変？」

「大変っつーか、ばあちゃんの店でバイトするのって最初はすげぇ抵抗があったんだよな」

「抵抗……身内だからってこと？」

「それもあるけど、俺って見た目こんなんだし口も悪いし怖がらせるかもしんねぇし。喫茶店って接客業だから、俺絶対向いてねぇって思ったんだよな」

そう言ったあと、「何度かやらねぇって断ったし」と付け加える。

「じゃあどうしてアルバイトする気になったの？」

素朴な疑問を口にすると、わずかに広瀬くんの表情が変わった。

「何だったかな。もう忘れた」

そんなに難しい質問をしたわけじゃないけれど、彼の中で思い当たることがあったのかもしれない。これ以上そのことを掘り下げたらいけないような気がして話を逸《そ》らすことにした。

「働いてる広瀬くん、なんだか楽しそうだね」

「そうか？」

「うん。学校とは全然違う――」

そこまで言って余計なことを言ってしまったと思って、「ご、ごめんなさい」と慌てて口を手で覆う。

「べつにいい。学校と雰囲気違《ちげ》ぇのはほんとだから。ばあちゃんに学校でももっと笑えって言われるんだよ。でも俺、あんま笑うの得意じゃなくて、いつもこんな感じだし」

怖いというイメージがあったけれど、二人で先生の手伝いをしたあの日から少しずつ広瀬くんに対する印象は変化している。

「木下は接客とか向いてそうだよな。よく笑ってるイメージあるし、慕われてるみてぇだし」

学校で話したことはほとんどないのに、広瀬くんの中に私に対するイメージがあったことに少し驚く。

笑うことは、多分得意だ。母に求められている「自分」でいるために笑顔は必要だった。どんなに辛《つら》いときでも反論はせずにひたすら笑っていた。

だけど、少しだけ複雑でもあった。今の私は、「本物の私」ではないから。

「慕われてるっていえば、この前も面倒なこと引き受けてたよな。図書室の掃除。ふつーなら誰もやりたがらねぇのに引き受けてさ」

「あれは先生が困ってたから。でも、それを言うなら広瀬くんだって」

「俺は日直だったから仕方なく。普段だったらまずやんねぇよ」

眉間《みけん》にしわを寄せて、うんざりした表情をした。

「木下の場合そうじゃないよな。あんま怒ったりしなそうだし基本友好的って感じする」

「あ、うん、そうかもしれない。あんまり怒ったことはないかも」

同級生や先生たちに怒りを向けることはない。私が怒りをぶつけるのは、姉だけだ。

「さっき木下と会ったときは、なんか怒ってる感じしたけど」

その言葉に、数分前までの感情が蘇《よみがえ》り、身体の奥からじわじわと私を襲ってくる。

「それはさっきも言ったけど、散歩してる途中に道に迷っちゃって……」

「とてもじゃねぇけど、そんなふうには見えなかった」

「えっと、それは……」

違う言い訳を考えるけれど、何も出てこなくて言葉に詰まる。すると、広瀬くんは真っ直ぐな瞳《ひとみ》を私に向けて言った。

「何があった、とは聞けない。無理に聞くつもりもないけど、一人で気負いすぎる必要はないんじゃねぇの」

向けられた瞳は、全てを理解しているんじゃないかと思わせる光を持っていて、私は思わず目線を落とす。

「べつに私、悩んでることなんてないよ」

普段自分の思いを我慢しすぎているせいで、どうやって吐き出せばいいのか分からずに、喉《のど》の奥に飲み込んで隠す。

「それならそれでいい。ただ俺が言いたいことはさ……何か嫌なことあってむしゃくしゃすんなってときは、気晴らし程度にここ来ればってこと」

漂う重たい空気とはあまりにも対照的すぎる言葉が落ちてきて、私は拍子抜けしたように顔を上げる。

「そしたら俺はいらっしゃいって出迎えるし。客と店員の関係なら、べつに他人の事情に深く踏み込んだりしねぇし。安心しろよ」

〝他人〟という言葉はとても距離を感じて拒絶されているように聞こえるはずなのに、広瀬くんが言うとなぜか拒絶されているようには聞こえなかった。

むしろ、その言葉を聞いて私は安心できた気がした。自分でもよく分からなかったが、それがとても不思議だった。

第二章　打ち明けたその先に

　喫茶店で広瀬くんと話をしてから数日が過ぎた。あれ以来、姉とは家で顔を合わせることがないように、朝食は少し時間をズラして、帰宅後は夕飯と入浴以外は自室に籠《こも》っている。そうして何とか平常心を保っていた。

　そして学校を終えた放課後、家にまっすぐ帰ろうと歩いていたのに、気づくと私は喫茶店の前にいた。

　いくら無意識とはいえ、さすがに広瀬くんに鬱陶《うっとう》しがられないかな。あのとき彼は、ああ言ってくれたけれど、あれは私に気を遣ってくれただけだろうし。本当に来たら迷惑だろうし、帰ろう。いやでも……なかなか勇気が出なくて、今日は帰ろうかと背を向ける。

「そんなとこで彷徨《うろつ》いてると怪しまれて通報されるぞ」

　突然背後から声が聞こえた。振り向くと広瀬くんがお店の外に出てきていた。

「ちょっと、入ろうか帰ろうか迷ってて……」

おずおずと答えると、「何でだよ。普通に入ってくればいいだろ」と呆《あき》れたように言ったあと、私を招き入れるようにドアを開ける。その瞬間、珈琲豆《コーヒー》のいい香りがして、この前の記憶が蘇ってくる。その居心地のよさを思い出し、スッと何かに操られているかのように中へ入る。

「はい、いらっしゃい」

と同時にカランコロンッとドアが閉まる音が鳴る。

〝──そしたら俺はいらっしゃいって出迎えるし。客と店員の関係なら、べつに他人の事情に深く踏み込んだりしねぇし。安心しろよ〟

……ほんとに出迎えてくれた。

「こんにちは」

控えめに右手を挙げてあいさつをすると、「なんだよそれ」と笑みを浮かべた広瀬くん。その姿につられて私も少しだけ気が緩んだ。

他に人はいないカウンター席に移動した私に、「何か飲むか？」と、広瀬くんが尋ねる。

メニュー表を見て、新しいものに目がいったけれど、勇気が出なくて結局アイスコーヒーを注文した。

この前は、あまり店内を見る余裕はなかったけれど、今日は少しだけ心に余裕があった。

「ねえ、ちょっと店内を見てもいいかな?」

彼の背中に声をかけると、「好きにすれば」と振り向かずに答えた。私は、ありがとうと言って席を立つ。

店内は落ち着いた間接照明があり、クラシックが心地よく流れている。額縁に入った絵が飾られていて、中央の丸テーブルにはアンティーク雑貨が置かれていた。可愛らしいうさぎや猫の置物。どこを見ても温かみがあり、落ち着いた雰囲気があり、珈琲豆のいい香りと相まって心が不思議と満たされる。

「すげぇ見入ってんな」

声が聞こえて慌てて「あ、ごめんなさい」と振り向くと、すでに飲み物がカウンター席に置かれていた。

「べつに怒ってねぇよ。好きなだけ見れば」

口調は荒いのに、喫茶店にいるときの広瀬くんは学校より穏やかに見える。

「お店、すごく素敵だね。アンティークな雑貨とか可愛いのいっぱいあった」

「ああ、あれ。ばあちゃんが趣味で集めてるやつ。猫とかうさぎとか置くもんばっか買ってくる。全然実用的じゃねぇよ」

「そんなことないよ。すごく可愛いくて癒《いや》される」

中央のテーブルにあるアンティーク雑貨が置かれている一角を褒めると、広瀬くんは「あれで癒されるって……」と苦虫を嚙《か》み潰《つぶ》したような表情を浮かべる。

「まだ上にたくさんあるし、ばあちゃん買いすぎなんだよ」

「そんなにたくさんあるの？」

「邪魔になるくらい。何ならあの中のひとつ分けようか」

その言葉に心惹《こころひ》かれて「えっ」と声を上げるが、我に返り考える。

中央のテーブルは物語が完成されたような仕上がりになっていて、その中からひとつとってしまったら物語が欠けてしまうような気がした。

「ありがとう。でも、おばあさんが大切にしてるものなんでしょ」

「べつに上にもあるからひとつくらい減っても問題ねぇけど」

広瀬くんはそう言ってくれたけれど、おばあさんの意見を聞いたわけじゃないから勝手にはもらえない。代わりに記念に何か残しておきたくなって、写真を撮ってもいいか尋ねると、広瀬くんはいいよと頷《うなず》いた。

ほんとは、ちゃんとしたカメラで撮った方が味も出るんだろうけれど、今の私にはそれはできない。スマホのカメラ機能を使っていろんな角度からアンティークな置物を写真に収める。角度によって対象物の顔や雰囲気もがらりと変わる。これがスマホじゃなくてカメラなら、ファインダーの中にはどんな世界が広がっているんだろう。

「飲まねぇと氷で薄まるぞ」

広瀬くんの声が聞こえてきて我に返ると、彼は私を呆れたような顔で見つめていた。

私はカウンター席に戻り、スマホを机の上に置くとアイスコーヒーをひと口飲む。

苦みが少なくて飲みやすくて、やっぱりおいしくて頬が緩んだ。

「どんな写真撮ったりすんの？」

不意に彼に尋ねられて、顔を上げる。

「今みたいに可愛い雑貨とか空とかいろいろ撮ったりするけど、一番は人かなぁ。笑ってる姿とか楽しそうな姿とか、人が幸せそうに笑ってる姿を撮るのが好きかな」

私の話を聞いて「へえ」と彼は微笑みながら相槌《あいづち》を打つ。

「多分、おばあちゃんの影響なんだと思う。おばあちゃん、いつも嬉《うれ》しそうにみんなの写真撮ってたから」

くしゃりとしわを寄せて弧を描くように笑う、懐かしい祖母の顔が脳裏に浮かび、私まで自然と笑顔になる。

「そうか。いいばあちゃんなんだな」

広瀬くんは、話を聞くと目を伏せて微笑む。

好きなことの話ができるって、こんなにも嬉しいんだ。

「そういえば……おばあさんは？」

「今休憩中。多分、夕飯の支度とかしてあんま休憩はしてねぇと思うけど」

広瀬くんはそう言ったあと、「無理しねぇで休めばいいのに」とポツリと呟《つぶや》いた。

まだ私は、おばあさんに会ったことはない。広瀬くんが怒ったら怖い、なんて言っていたけれど、今の彼の様子からすると、そんなことはないのかもしれない。

――カランコロンッ。

「いらっしゃいませ」

お客さんが来店する。私に「悪い」と断りを入れると、広瀬くんはその場から離れて慣れた様子で接客をする。学校ではいつも一人でクラスメイトから恐れられている広瀬くんだけれど、アルバイト中はとても気配りができて優しい。

「ありがとうございました」

お客さんは、テイクアウトでアイスコーヒーを受け取ると店を出た。

カウンターに戻って来た広瀬くんは、片付けを淡々とこなす。何も聞いてこない。

あまりにもいつも通りすぎる態度に、私の方が気になってしまう。

「広瀬くん。理由聞いたりしないんだね」

尋ねずにはいられなくて声をかけると、私の声に手を止めて顔を上げた広瀬くんは、

「何。聞いてほしいわけ」と私を見る。

この前、私は理由を教えられなかった。広瀬くんが聞いてくることもなかった。あのときは正直助かった。踏み込まれたくなかったから。

今だって広瀬くんは、あえて何も聞いてこない。私がここに来たときは、お客さんと店員として接すると言ってくれたあの言葉にどうやら嘘はなかったようだ。

「そうじゃないけど、気にならないのかなって……」

わずかな沈黙さえ気まずくて、ストローでアイスコーヒーをゆっくりとかき回しながら答えると、「そりゃ気になるよ」と前方から声が落ちてくる。

「家に帰りたくねぇなんてよっぽどなことがない限り言わねぇし。そんなこと言うってことは何かで悩んでんのは間違いないし。だけど、言いたくねぇってことは人には知られたくないってことだろ。無理やり聞き出そうなんて思わねぇよ。約束しただろ」

口調は荒いけれど、彼が紡ぐ言葉はとても優しい。

「木下が話したくねぇなら仕方ない。俺も聞かない。話すのは、話したいときだけでいい」

広瀬くんはそう言ったあと、止まっていた手を動かして片付けを再開した。

私は、いつまで一人で抱えるんだろう。

ここへ逃げてきたのは家に帰りたくないから。そのことを誰にも話せなくて苦しいから。広瀬くんは、強引に話を聞き出そうなんてこの先もきっとしない。店員とお客さんという関係を守ってプライバシーには踏み込まない。心地よい時間を守ってくれるはず。

けれど、ほんとにそれでいいのかな。広瀬くんに気を遣わせたまま、私は自分を偽りながら、ずっとここに通い続けるのかな。

私と同じ立場になったとき、広瀬くんならどうするんだろう。

「広瀬くんは、将来の夢あったりする？」

突拍子もなく私が尋ねると、広瀬くんは鳩が豆鉄砲を食ったような表情をした。

「何、突然」

「あ、えっと……アルバイトしてる広瀬くん、すごく楽しそうだからここで働いたりするのかなと思って……」

言い訳を述べると、広瀬くんは、「あーそういうこと」と納得した様子で頷いた。

「まぁコーヒーとか好きだし、バイトしてたら接客も身につくからいいなと思ったりもするけど」

「じゃあ将来的にはこのお店を継ぐのが夢？」

「ここで継ぐのもひとつの手ではあるけど、それだけに決めたくないんだよな。自分の可能性もっと広げてみたいっつーか、妥協したくねぇし諦《あきら》めたくもない」

どこか決意を固めたような力強い瞳《ひとみ》と声で答えたあと、「まあ、そんな感じ」と恥ずかしそうに目線を下げる。

自分の可能性を知れるってほんとはとてもすごいことだ。

私は自分の可能性を知ることもなく、母の描いている通りの進路を歩んでいかなければならない。でも、ほんとは知りたかった。どんな世界が広がっているんだろうって、この目で見てみたかった。祖母が見た景色を、私も同じように知りたかった。

「じゃあもしも、自分の将来が決められていたとしたら広瀬くんならどうする？」

「決められてたらって誰に」

「えっと、例えば……親とか」

喩《たと》えが具体的すぎたかな、と答えたあとに思ったけれど、「親かあ……」と腕を組む広瀬くんに、今さら違う喩えを持ち出しても怪しまれるだけだと思いやめた。

「俺は親いねぇから将来を決められるとかそういうの分かんねぇし、あんま気の利いた言葉とかかけてやれねぇけど」

淡々と告げられた言葉に、「え」と困惑した声が漏れてしまう。

「俺なら、自分で決める。たとえ将来が決められていたとしても誰かに決められたくねぇし。てか自分以外の人間が自分の将来決める権利なんてねぇし。それが血の繫《つな》がった家族だとしても、な」

そう答えたあと、「まあ実際その状況が想像しにくいけど」と広瀬くんは苦笑いした。

彼の真っ直ぐすぎる言葉よりも、親がいない、という言葉の方が衝撃的すぎて飲み込むことができそうになかった。

「広瀬くん、親……」

あまりにも私の声が小さくて聞こえなかったのか、広瀬くんは、「ん？」と不思議そうな顔をして耳を傾ける。だけど、今から私が言おうとしていることは彼を傷つけてしまうかもしれないと思い、「何でもない」と言ってアイスコーヒーを流し込んだ。

「木下はもう決まってんの？」

今度は片づけを終えた広瀬くんが私に尋ねる。

広瀬くんの話を聞いたあとだったから、余計に言いにくかった。けれど、一人で我慢しているのも苦しくて耐えられそうになかった。

「私は、ないの。ないっていうか、どうせ自分の夢を持っても叶《かな》えられないって知ってるから」

「何で？」

「お姉ちゃんが進路を変更しちゃったから」

「それが何で木下が夢持てない理由になんの？」

「お母さんが勉学にすごく厳しいの。元々教師だったのもあると思うんだけど……」

ほんとは、誰にも話すつもりなんてなかった。自分一人で抱えるつもりだった。

「お姉ちゃんは今までお母さんの言う通りにしてきた。今の高校だってお母さんが行きなさいって言ったから受験したようなもので」

私の話を聞いて、広瀬くんは益々《ますます》わけが分からなくなったと言わんばかりの表情を浮かべる。

「お母さんはお姉ちゃんに期待してたの。進学校を卒業して有名大学に入って、ゆくゆくはいい会社に就職してほしいって。だけど、お姉ちゃんが去年、いきなりやりたいことが見つかったから専門学校に行くって言い出したんだ」

話し出したらどんどん怒りの感情が溢《あふ》れてきて、手をぎゅっと握りしめる。

「お姉ちゃん、一度決めたら折れなくて行動力がすごくて、それで勝手に進路変更したみたい。お母さんはひどく怒ってた。あんなに怖かったお母さん初めて見たと思う」

母と姉の荒々しい声は、今でも脳裏に焼き付いて離れない。

「そのあとなの。あの子にはもう期待しないって言い出して、それからお母さん、今度は私に期待していろんなことを要求するようになって……」

そこまで言うと、喉《のど》の奥が苦しくなって話すのを一旦《いったん》中断する。一度、呼吸を整えてからまたゆっくりと話し出す。

「お母さんが言うの。いい大学に行っていいところに就職しなさい。それが正しいからって。だから私には、それしかなくて。お母さんの口癖はね、いい大学に行くためには勉強しなさいとか、お姉ちゃんのようにはならないで、とかそんなことばっかりなの。全然私の気持ちを尊重してはくれない」

絶対的な母の言葉。そこから逃げることはできなくて逃げる勇気もなくて。いつしか本来の自分を見失って、母の言いなりに動くただのロボットのようになってしまった。

「お姉ちゃんが進路変更なんてしなければ、私はきっと今頃……」

自由にできていたはずだった。欲しいカメラのために、アルバイトをしたり、部活に入ったりしていたかもしれない。

「私をお姉ちゃんの代わりに縛り付けるお母さんも、自分だけ自由になったお姉ちゃんもみんな嫌いなの。だから、顔なんて合わせたくもない。特にお姉ちゃんとは」

「木下がこの前あんなこと言ったのって……」

「この前、学校帰りにお姉ちゃんと会ったの。私はこんなに苦しい思いをしてるのに、お姉ちゃんは平気で話しかけてきたんだ。時間あるならカフェ行こうって、それに腹が立っちゃって……」

怒りで顔が歪《ゆが》みそうになるのを必死に抑える。

「だから私、逃げてきちゃった」

なんとなく微笑んで見せた。人に良く見せることは息を吸うのと同じくらい容易《たやす》いことだった。

笑うことは得意だった。

だけど、心の内側を曝《さら》け出すと、いつもの優等生の私ではいられなくなる。

「あの日から私はずっと、お姉ちゃんのことを憎んでる。会いたくないし、声も聞きたくない。話だってしたくないのに。お姉ちゃんは、いつも自分の気持ちばかり優先して……私が夢を持つことができなくなったのは、お姉ちゃんのせいなのに、どうして普通に話しかけられるんだろうって……」

感情的になり周りが見えなくなっていると、「木下」とポツリと聞こえてきた声に我に返る。顔を上げると、私を心配そうに見つめる瞳とぶつかった。

「あ、ごめんね、突然こんな話して……言葉に困るよね」

必死に笑みを浮かべたあと、真っ直ぐ向けられる視線から逃げるようにグラスへと目を落とす。すると——

「つらかったよな、木下」

優しい声がゆっくりと落ちてきた。

「親のいない俺に何言われてもうぜぇだろうし分かったような顔されんのも嫌だろう

けど、今まで一人でずっと苦しんで悩んでたんだな」

優しい言葉は、まるで湖の水面をそっと撫《な》でるように、私の心の中に少しずつ波紋を広げていく。

「頑張ってたんだよな、木下は」

目頭が熱くなる。だけど、こんなことで泣きたくなかった。泣いてしまえば、今まで我慢していたものが全部溢れてしまう気がしたから。

「……私、そんなに弱くないよ。大丈夫」

「べつに強がる必要ねぇよ」

「してないよ。私、ほんとに……」

強くいなきゃいけない。これからも母の言う通りに生きていかなきゃいけないから、弱さを見せたらいけない。

――そう思っていたのに。

「強くいなきゃいけないって思う気持ちも分からなくねぇけど、大丈夫って言ってる時点で無理してるのは明らかなんだ。自分に言いきかせてまで強くいる必要なんてねぇよ」

彼がそんなことを言うから、意志が段々と弱くなりかける。

「……でも、弱い私のことなんてみんな必要としてない」

「みんなが必要としてるのは、優等生としての木下柚葉だから。分からないところを聞けばすぐに教えてくれる頼れるクラスメイト。それにお母さんだってそう。お姉ちゃんの代わりになる私を必要としてる」

母も、先生も、クラスメイトも。みんながそれを望むから。みんなが優等生としての私を望むから。

「何でそう思う？」

「……大丈夫、私は弱い人間なんかじゃない」

そういなきゃいけないって決めつけて、本物の私がどんどん深層に沈んでいく。

「強くなきゃだめって誰が決めたの？」

彼の言葉が深い深い海の奥に届く。

「俺も木下も、普通の人間じゃん。だから落ち込むこともあるし弱さを見せるときだってある。俺たちに限ったことじゃない」

一筋の光が、海の中に差し込んで。

「人間生きていたら誰だって弱くなることはある。でもさ、それが悪いわけじゃねぇじゃん。俺たちは普通の人なんだ。弱くなっていい」

深層から連れ出されたような気になる。

弱さを肯定する言葉を並べられて、反論する言葉さえ見つからない。

「それにさ、弱さを見せたらいけない、完璧《かんぺき》でいなきゃいけないと思ってた木下が俺に打ち明けたってことは、一人で悩んでることが限界だったからじゃねぇの？」

全部図星だった。何か言い返さなきゃと焦れば焦るほど言葉は出てこない。

「辛《つら》いときは無理して笑わなくていいし、悲しいときは泣けばいい。困った時は頼ればいい。みんなの前で強がるなら、ここにいるときくらい強がらなくていい。弱音だって吐けばいいじゃん」

私を真っ直ぐ見つめる優しい瞳《ひとみ》。その言葉はまるで、そうっと優しく背中を撫でてくれるような心地よい風。

「……どうして広瀬くんは、そこまで言ってくれるの？」

「木下がいつか抱えてるもんに潰《つぶ》されてしまう気がしたから」

「私、そこまでしてもらうほど広瀬くんに何もしてあげられてない。それどころかみんなと同じように広瀬くんのこと怖い人って思ってたのに……」

素直な気持ちを打ち明けると、広瀬くんは、「べつにそんなの関係ねぇよ」と口角を上げた。

「俺が木下のことを助けてやりたいと思った。理由なんてそれで十分だろ。これからは俺が味方になる。木下は一人じゃねぇ。絶対に一人だと思うな。俺を頼れ」

真っ直ぐすぎる言葉を向けられて、私は唇を噛《か》み締めた。泣かないように、滲《にじ》んだ涙が溢れないように。

そして、なんとか解いた口元で。

私が震える声で言うと、広瀬くんはとても優しい表情で微笑んだ。

「……ありがとう」

「てか、氷も溶けてるよな」

突然話を切り替えた広瀬くんが、「味も薄くなってるだろうし交換する」と私のグラスを持ち上げる。ちょっと待っとけ、と言ってカウンターに戻った。

私は、彼が見ていないその一瞬で目尻《めじり》からこぼれそうになっていた涙を拭《ぬぐ》った。

そのあとすぐに広瀬くんは、新しいアイスコーヒーを届けてくれた。

「あの、さっきの話だけど……」

内緒にしてほしい、と言っていなかったことを思い出して声をかける。

「分かってる。誰にも言わねぇって」

彼は私が言いたかった言葉を見抜いたように答えた。そのあと、「ただひとつだけ言わせて」と私を真っ直ぐ見つめる。

「まだ木下の中で納得できないんだったら、今の状況を受け入れなくてもいいと思う」

「え、それって、どういう……」

「きっとほんとは自分でも分かってるんだよな。どうしたいのかって答えが。さっきの木下見てたら、そんな気がした」

心の奥底に隠してある答えを見られた気がして、動揺してしまう。

「そんなことないよ。広瀬くんの勘違いじゃないかな……」

私が余計なことを言わなければ、母の言う通りにしていれば全てが丸く収まる。そうしたら怒られなくて済む。

「そう思うならそれでもいいけど、自分の素直な気持ちを大切にした方がいい。そうじゃないと絶対に後悔するぞ」

広瀬くんが私のために言ってくれたのだと分かっていても、それに頷《うなず》くことができなかった。

段々とお店が混みだしてきたので、アイスコーヒーを飲んで喫茶店を出た。

家に帰ると、時刻は十七時頃で、母は鬼のような顔をして待っていた。

「遅いわよ。学校終わってからどれくらい経ったと思っているのよ」

「あ、ごめんなさい」

俯《うつむ》いて謝ると、母は呆《あき》れたようなため息をついた。

「次からはもう少し早く帰って来なさい」

淡々とした冷たくて棘《とげ》のある声に私は、「……はい」と返事をすることで精一杯だった。

二階に上がるとちょうど姉がドアを開けて出てきた。私を見て「柚葉」と呼ぶけれど、私はその声に何も言わずにドアを閉めた。

しばらくして微《かす》かにパタンと音が聞こえる。姉がドアを閉めた音だった。それを聞いて、力なくその場にへたり込んで目を閉じた。

――『お姉ちゃん、暗くて怖いよ』

いつだったか、遠い日の私の声が頭の中に浮かんでくる。あれは、大雨が降った日のことだった。突然夜、停電になりまだ小さかった私は怯《おび》えていた。その当時はまだ一緒の部屋で眠っていた。姉は〝大丈夫。お姉ちゃんがついてるよ〟と小さな手で私の手を握りしめて、一生懸命私を安心させようとしてくれた。

そのときの姉は私にとってヒーローに見えた。ううん、その日だけじゃない。私はいつも姉を慕っていた。頼りにしていた。姉のあとをついていく子だった。自分より少し大きな背中がたくましくて、優しくて強い姉に憧《あこが》れていた。手を伸ばせば、いつだって姉に届いた。

けれど、今では手の届かないところまで離れてしまった。

ずっと同じ方向を向いていたのに、突然姉が私の手を放して一人で歩いていく。その後を私も追いかけるが、何かに行く先を封じられているみたいに転んでしまう。足を見れば、そこには私の自由を奪う鎖が繫《つな》がっていた。これのせいで立ち上がることができない。助けを呼ぼうと思っても今度は声が出ない。そのせいで助けを呼ぶこともできない。少し先に姉の姿がある。手を伸ばしても気づいてもらえない。そのまま姉は、私に背を向けたままどんどん先へ歩いていく。自分だけ光射す方へ。

「……お姉ちゃんなんて、嫌い」

私は、ポツリと呟《つぶや》いた。

＊＊＊

広瀬くんに喫茶店で苦しみを打ち明けてから数日が過ぎた。すでに姉は家を出て父も出勤し、母と二人朝食を食べているとき、ふと頭の中に広瀬くんの言葉が浮かんできた。

――『まだ納得できてないなら受け入れなくていいと思う』

やっぱり私ばかりが不幸を被るのは納得できない。

「あのさ、お母さん」

恐る恐る声をかける。母は「何」と手を止めて顔を上げる。真っ直ぐ向けられる鋭い瞳に怖気《おじけ》付きそうになる。

「黙っていたら分からないでしょ。早く言いなさい」

母の威圧的な言葉や雰囲気に私は萎縮《いしゅく》してしまう。

「あ、えっと、だから……」

どうしよう、焦れば焦るほど怖くて言葉が出なくなる。結局、言いたいことは飲み込んで、「何でもない」と呟いた。

母は、「何よそれ」と呆れたように、ため息をついた。

私は、強くなんかない。弱くて脆《もろ》い。自分の思いも伝えることができない情けない人間だ。

その日学校では母の威圧的な言葉や顔が頭から離れなくて、一日勉強に身が入らなかった。

放課後、教室に「広瀬いるか？」と担任の先生が現れた。が、すでに彼は帰宅しており、いなかった。忘れ物を取りに戻った私だけが教室に残っていた。

「先生どうしたんですか？」

尋ねると、先生は広瀬に渡すプリントがあったんだ、と答える。彼が帰ったことを伝えると先生は困ったような顔をした。

「それ、私が渡しましょうか？　前に一度帰り道で一緒になったので場所なら分かりますよ」

　と言うと先生は「いいのか」と分かりやすく表情を緩める。私にプリントを手渡すと、「じゃあ頼むな」と言って教室を出た。鞄《かばん》にしまって私もすぐに喫茶店へと向かった。


「こんにちは」

　店内に入ると、カウンターの中にいた年配の方が私に気づき、「いらっしゃいませ」と言った。

　優しそうなタレ目に、髪は肩につかないくらいのショートカット。少しふくよかで全体から優しさが滲《にじ》み出ているように感じる。

　そういえば広瀬くん、普段はおばあさんが一人で働いてるって言っていた。もしかしてこの人が広瀬くんのおばあさんかな。

「私、広瀬くんのクラスメイトなんですけど、今広瀬くんは……」

「あの子なら今着替えてるわ。もう少ししたら下りてくると思うけど、何か飲んで待つ？」

　優しく尋ねてくれたけれど、母のことを思い出し、「いえ、大丈夫です」と丁寧に断りを入れる。また遅くなったら何を言われるか分からないから。

「私、先生から頼まれて広瀬くんにプリントを届けに来たんですけど、渡してもらえますか？」

プリントを鞄の中から取り出してカウンターに差し出した。

ほんとは、このまま家になんて帰りたくないけれど。

「じゃあよろしくお願いします！」

頭を下げると、私は店を出た。

今の、絶対広瀬くんのおばあちゃんだよね。もっと話してみたかったなぁ。

気になって一度、振り返るけれど、時間が頭をチラつき、グッと我慢して重たい足取りで帰路につく。

家に帰ると、母がキッチンで料理をしていた。私はただいまと声をかけると、「今日は早かったのね」と告げられる。

「この前帰りが遅くなったから、今日は早く帰ろうと思って」

これ以上何も言われないうちに逃げよう。そう思って、一歩踏み出したとき、「ああ、そうだったわ」と母が何かを思い出したように私を引き留める。

「前回の英語のテスト、点数が悪かったんだからちゃんと復習しておきなさい。それから期末テストも近づいてるから今のうちに準備しておくように。あと、一年生の間に文理選択があるからどちらに進むかは決めておきなさい」

次から次へと要求される。それを私は全てこなさなければならない。私に拒否権なんてない。

「うん、分かった」

私は、無理やり笑みを浮かべる。母はそのままキッチンへと戻って行った。

部屋に入ると、鞄を置いて、窓に近づく。白いカーテンの隙間から外を眺める。

雲の形や空の色、空に浮かぶ飛行機雲を見て、この一瞬を切り取ったら綺麗《きれい》だろう。そう思い、スマホのレンズを空に向ける。まだ白さを保つ雲。あたりが夕焼けのオレンジ色に染まるにはもう少し時間がかかりそう。

写真を撮っているときは現実を忘れられることができる。

つかの間の幸せのあとに訪れる喪失感。

「……はあ」

諦《あきら》め切れない夢が、日に日に大きく膨らんでくる。それなのに諦めなきゃいけない矛盾。そんな毎日から逃げることができなくて。

「……どうしたらいいんだろう」

私には、分からなかった。

＊＊＊

　夏が近づいてきている。窓から入り込む日差しが暑く感じられた。

　休日は、一日中勉強をするように言われているけれど、今日は全然やる気が出そうになかった。母に中央図書館で勉強してくると言うと、快く送り出してくれた。初めのうちはそのつもりだったけれど、途中から行き先を変更して広瀬くんの喫茶店に向かった。

「いらっしゃいませ」

　カウンターにいたおばあさんが私に気づくと、「あら。あなた確かこの前の……」と思い出したように告げる。

「この前はどうもありがとうございました」

「とんでもない。こちらこそありがとう。今日はまた別の用事かしら？」

「いえ、今日はプライベートといいますか、学校も休みなのでここで飲み物でも飲みながら勉強をしようとおもったんですけど……」

　ちらっと店内に目を向けると、平日より少し混みあって見えて、勉強道具を出すのを躊躇《ためら》っていると、「大丈夫よ。もう少ししたら空《す》いてくるから」と言ってくれた。

その言葉に安堵《あんど》して、私はいつものアイスコーヒーを注文して、勉強道具を取り出す。

時刻はまだ午前十時。お店が開店して一時間だというのに家族連れが多かった。平日よりも少しだけ騒がしい。

「あの、広瀬くん、今日はいないんですか？」

「あの子なら今買い物頼んでいるの。お昼からまた忙しくなるから、その前に買っておかなきゃならなくて」

お皿やシルバーを拭《ふ》きながら、「こういうとき家に男の子がいると役に立つわよね」と屈託なく笑ったおばあさん。

やっぱり、絶対そうだ。〝あの子〟だとか〝家に男の子がいると助かる〟とか、身内じゃなければ使わなそうな言葉ばかり。

「失礼ですが、もしかして広瀬くんの……」

おずおずと尋ねてみれば、「ええそうよ、絃の祖母」と作業を一時中断して答えた。

「千枝子《ちえこ》っていうわ。私のことは名前で呼んでちょうだい。あなたの名前は？」

「あ、私は、木下柚葉って言います」

「柚葉ちゃん。可愛らしい名前ね。よろしくね」

「こちらこそ、よろしくお願いします」

千枝子さんにつられて慌てて頭を下げる。

「紘、学校ではどう？」

尋ねられて、一瞬困惑した。ほんとのことを言ってしまったら千枝子さんを傷つけてしまいそうだと思ったから。

「実は私、まだ学校ではあまり話したことなくて……」

「あら、そうだったの。てっきりプリントを届けてくれたから友達なのかと思ったわ」

私たちは、ほとんど学校で話したこともない。それなのにここではいろんな話をする。私たちの関係は、友達だといえるのだろうか。他人なのか友達なのか、境界線が分からない。

「柚葉ちゃんから見て紘はどんなふうに見える？」

不意に千枝子さんにそんなことを尋ねられて困惑していると、「思ったことを答えてもらっても大丈夫よ」とフォローされる。

千枝子さんが広瀬くんのことを一番よく知っている。だから、嘘をついてもすぐにバレてしまうのは明白だった。

「最初はすごく怖い人なのかなと思ってました。背も高くて無口だったし笑った顔を見たことがなかったので……」

私が答えると、それを聞いていた千枝子さんが、「あの子、見た目はあんなんだから怖く見えるわよね」とうふふと笑う。

「あの、悪口じゃないんです、すみません！」

「知ってるわ、大丈夫よ。それより続きを教えて」

「えっと、それで、前に一度広瀬くんと放課後に先生の手伝いをすることになったんです。旧図書室の掃除だったんですけど」

「あら。あの子そんなこと一言も言ってないわ」

千枝子さんは少し驚いたようにポツリと呟《つぶや》く。

「そのときの帰り道に少しだけ話したんです。そしたら思っていたよりも怖く……なくて、もしかしたら誤解してるだけなのかなと思いました」

怖い、という言葉に千枝子さんが傷つかないか不安になりながら何度も様子を確認しながら、言葉を丁寧に選ぶ。

「そうね。あの子、普段あんまり笑わないから怒っているのかと思うわよね。いろいろあって学校ではあまり人を寄せ付けないと思うんだけどね」

「……す、すみません」

「柚葉ちゃんが謝る必要ないわ。見た目が怖いというより目つきが悪いのよね、あの子」

私よりももしかするとひどいことを言ってしまっている千枝子さん。だけど、千枝子さんのそれは愛のある言葉に聞こえた。

「でもね、ほんとはとてもいい子なの。少し紘と接してみたら分かるの。口は悪くても根はすごく優しい子なのよ」

「そうですね。話してみたら意外と話しやすいというか、人思いだなって思ったりします」

「そうなのよ！　みんなにそれが伝わるといいんだけどねぇ」

嬉《うれ》しそうに千枝子さんが語るから、なんだか私まで嬉しくなり、会話が弾む。

「広瀬くん、アルバイトも楽しそうにしてますよね」

「何度も断られちゃったし、初めはすごく嫌だったと思うけどね……まあでも、今ではすっかり板についちゃって私の淹《い》れるコーヒーよりも紘が淹れたコーヒーの方がおいしいって人もいるくらいなの」

「へえ、そうなんですか。すごいですね」

広瀬くんは、好きなことになると勉強熱心になるのかもしれない。

「小さなお店だけど一人で切り盛りするのは大変だったから、紘がいてくれて私は助かってるわ」

そう言ったあと、千枝子さんは目線を落として「でも、あの子には寂しい思いばかりさせてるのかもしれないけど」と漏らした。

「あの子の両親が亡くなってから私が親代わりに育てたけれど、きっと自分ひとりで抱えてることもたくさんあったと思うの」

　突然の衝撃的な言葉に私は動揺せずにはいられなかった。

「広瀬くんのご両親って……」

「ええ、あの子がまだ小学六年生くらいだったかしらね。事故でね、二人とも亡くなったのよ」

　彼の口から両親がいない、ということを話の流れで聞いてはいたけれど、まさか事故で亡くなっていたなんて。

「……そうだったんですね」

　私は母に良い印象は持っていない、ということを広瀬くんに打ち明けたことを少しだけ後悔してしまう。広瀬くんを傷つけてしまったんじゃないだろうか。

「あら、もしかしてあの子から聞いてなかった？」

「いないってことは聞いてはいたんですけど、その……まさか亡くなっていたとは知らず、すみません」

「いいのよ。いつかは知ることだろうから。それに今は立ち直ってくれたから安心してるの。そのことには心配してないわ」

　……〝そのことには〟？

引っかかりのある言葉が気になった。

「あの子ね、今までに色々あって辛《つら》い思いをたくさんしてるの。あんなことがあってから人と距離を取るようになったし、それからずっと一人なのよ」

何があったのか気になる。けれど、本人がいないところで探るような真似はしたくないし、自分だったらきっと嫌だと思うから口をつぐむ。

「今は私がいるからいいけど、私がいなくなったあとあの子を理解してくれる人がいないと、あの子ずっと一人なんじゃないかって不安だったの」

そう言ったあと、「でもね」と顔を上げた千枝子さんは私を見つめる。

「柚葉ちゃんがここに来てから、私少し安心したの」

「私……ですか？」

「この前プリントを届けに来てくれたでしょ」

「あ、それは先生に頼まれてちゃんと届けなきゃと思ったので」

「そうだとしてもそれは、柚葉ちゃんが紘に関わりを持つことを受け入れてくれたってことよね」

そう言うと、千枝子さんは微笑んで、「嫌だったら頼まれた時点で断っているだろうし」と私の心を読み取っていく。

「だから私、すごく嬉しいのよ。柚葉ちゃんがここに来るようになってくれて」

私はまだ広瀬くんのことを全て理解しているわけじゃない。彼のことを完璧《かんぺき》に答えられるわけでもない。

「そんなふうに言ってもらえる資格なんて私にはありません」

私がここへ来たのは、自分が逃げるため。母や姉と会いたくないから、ここに居場所をもらっただけ。それを私は利用している。

「私は、いろいろあってここへ来るようになりました。千枝子さんが思っているような優しい人間ではないかもしれません」

ここは居心地がよくて落ち着ける。私の話を聞いてくれる人がいる。味方になってくれる人がいる。それに甘えてしまいたいときもある。

「だけど、知りたいと思うんです。広瀬くんがどんな人なのか。まだ広瀬くんのこと全然分かってないけど、これから少しずつ知っていけたらいいなって思ってます」

周りの人たちのように同調するのではなく、ちゃんと〝広瀬くん〟という人間を見たい。

「ありがとう、柚葉ちゃん」

私の言葉を聞いて、千枝子さんは笑った。

そのときの雰囲気が私のおばあちゃんに少し重なって見えた。

――カランッコロンッ。

音を鳴らしてドアが開き、そこから現れたのは広瀬くんだった。

「あら、紘おかえり。早かったわね」

「ばあちゃん、頼む量考えろよ。腕ちぎれるかと思ったわ」

「私じゃあその量は持てないからね」

「俺でもギリギリだったっつーの」

不満そうに顔を曇らせる広瀬くんは、どことなく子供っぽく見えた。私と話すときは、落ち着いているし、どこか達観したものの考えが多いから少しだけ意外だった。

カウンターの奥に買ったものを置きに行った彼に、「紘にお友達がいらしてるわよ」と千枝子さんが声をかける。広瀬くんは「友達？」と困惑した声でカウンターに顔を出した。

「……ああ、なんだ木下か」

「なんだってなによ。柚葉ちゃんはお客さんでしょ。お客さんにはもっと丁寧にあいさつしなさいって教えたじゃない」

「ばあちゃんが今、友達来てるって言っただろ。俺に友達なんかいねぇのに誰だよって思うだろ、ふつー」

「それでどうして〝なんだ〟って言葉になるのよ。相手は女の子よ。もっと優しく接しなさい」

千枝子さんの言葉に「あーはいはい」と面倒くさそうに返事をする。そんな彼に「全くもう……」と呆《あき》れ顔をする千枝子さん。

さっき二人で会話していたときは、広瀬くんのことを心配していたけれど、どうやら本人にそれを知られたくはないらしい。しかしそれは広瀬くんも同様らしかった。

──プルルルと、固定電話の着信音が鳴る。慌ただしく「はいはいちょっと待ってね」と言いながら千枝子さんがカウンターの子機を摑《つか》んだ。

「はいもしもし……あら〜、迫田《さこだ》さん。お久しぶりねえ」

どうやら知り合いらしく、「ええ、そうよね、うんうん」となかなか話し終える気配が見えなかった。千枝子さんが一度、広瀬くんに目配せして右手でごめんとポーズをとって二階を指差した。広瀬くんがしっしっと手で追い払う仕草をすると、千枝子さんは二階へと上がっていった。

「千枝子さんのお友達？」

「多分だろーな」

興味なさそうに言ったあと、「しばらく戻ってこねぇだろ」と続けた。

「てか今名前呼びだったよな。いつの間に仲良くなったんだよ」

「あ、さっき、少し世間話をしていたら……」

「世間話？」

「あ、うん、まあ、いろいろと」

先程の会話内容を知られたくなくて濁したあと、アイスコーヒーを飲んだ。

店内にいたお客さんが、お会計お願いします、とレジに現れる。広瀬くんはその場を離れてレジへと向かう。一人になったところで少し緊張を解く。

私、ちゃんといつも通りにできてるかな。不安で口が乾き、ごくごくとアイスコーヒーを飲み終える。

「そういえば、この前はありがとな」

お会計を終えた広瀬くんが、空いた席のお皿やシルバーをトレーで回収しながら言った。

「ありがとうって……？」

「ばあちゃんにプリント預けただろ」

「あ、ああ、あれは全然。先生が困ってたから私が引き受けただけだよ」

「でも助かった。お礼にドリンク奢《おご》るよ。何がいい？」

「えっ？　いや、そんなちゃんとお金払うよ！」

さすがにそんなことでドリンクを奢ってもらうわけにはいかないと断っていると、「いいって。早く選んで」と有無を言わさない迫力のある目力に、仕方なく従うことにした。だけど、結局私はいつものアイスコーヒーを注文する。

「さっきも同じやつ頼んでただろ。たまには違うの飲めば。気になるのとかねぇの？」

そう尋ねられてメニューを見る。アイスラテやカフェモカ、アメリカンコーヒー、まだ頼んだこともないような名前のメニューがたくさんある。

「アイスラテってどんなの？」

「前に一度エスプレッソ飲んだろ。あれをミルクで割ったやつ」

「それって苦くないの？」

「ミルクで割ってるから飲みやすいけど」

エスプレッソの苦みは抵抗があったけれど、広瀬くんが飲みやすいと言うのなら、とそれを注文することにした。

広瀬くんは慣れた手つきで珈琲豆《コーヒー》を挽《ひ》いたあと、機械にセットする。グラスに氷を入れたらそこにミルクを注ぐ。エスプレッソが抽出されると、それをグラスの中に注ぐ。その瞬間、白と黒の色が混ざり合う。

「お待たせ」

いつもと違う見慣れない色に少しだけ緊張しながら、恐る恐る口にする。ほのかに広がるエスプレッソの苦みとミルクの優しい甘さが絶妙にマッチしていた。

「エスプレッソって聞くとどうしてもあの苦みを思い出しちゃって心配してたけど、これはすごく飲みやすくておいしいね」

顔を上げて感想を伝えると、「だろ」と微笑んだ広瀬くんの瞳《ひとみ》とぶつかる。

――二人とも事故で亡くなった。

不意に、千枝子さんの言葉を思い出して、咄嗟《とっさ》に目線を下げる。

どうしよう。普通にしなきゃって思うのに、広瀬くんの顔を見たらいつも通りにできない。

「何かあった？」

私の異変に気が付いたのか、広瀬くんに尋ねられて、弾《はじ》かれたように顔を上げた。

「さっきから目逸《そ》らされてる気がするし、口調もなんかよそよそしいときもあったし」

そう言ったあと、「ばあちゃんに何か聞いた？」と尋ねられる。

「あ、いや、えっと……」

私が口をパクパクしながら戸惑っていると、「図星か」と彼は笑った。

「ごめんなさい。実は広瀬くんのご両親の話を聞いてしまって……その、事故で亡くなられたって……」

おずおずと謝罪をすると、「なんだそんなことか」と彼はあっけらかんとしていた。

「……怒らないの？」

「何で俺が木下を怒るんだよ。どうせばあちゃんが口滑らせたんだろ。木下が気にすることねぇよ」

広瀬くんは怒るどころか、いつもと変わらない様子で冷静だった。

だけど、私が申し訳なさそうな顔をしているから、広瀬くんは呆れたように笑ったあと、「あのときは俺もさすがに落ち込んだ」と伏し目がちに話し出す。

「両親亡くなってすぐの頃は、俺も動揺したし悲しかった。一番は環境の変化に慣れるのが大変だったかなぁ。でも、それはもう過去のことだし今更辛《つら》いとかそんなんねぇよ」

淡々と答えたあと、「周りからの同情の目とかはうんざりだったけど」とどこか冷めたような眼差《まなざ》しをしていた。

「人ってすぐ忘れんだよな。一年も経てば周りもそのことに慣れて特に何も言わなくなったし、俺も両親いないのが当たり前になった。悲しくなかったってのは嘘になる。でも俺には、ばあちゃんがいたし、てか今もいるし。だから寂しいとかはねぇよ」

私の家族は、あんな風に笑い合うことがない。家族団欒《だんらん》というものをした記憶がほとんどないから、〝普通〟ではないのかもしれない。薄々気づいていたことだけれど、それが少しだけ寂しく感じた。

「千枝子さん、優しい人だよね」

「あれが優しいって言うかよ。口をひらけば喧嘩《けんか》ばっかだし口うるせぇし、こき使われるし散々だっつーの」

と数々の不満をあらわにしたあと、「まぁ、こんな俺を見捨てないでくれたことには感謝してるけど」とさらりと言った。

やっぱり、広瀬くんは少し素直じゃない。

「てか、ばあちゃんのこと名前で呼んでんの違和感あるな。仲良くなったからだけじゃ名前呼ばないだろ？」

「あ、さっき自己紹介したときに名前で呼んでほしいって言われて」

「それでか。納得。木下が自分から名前で呼ぶなんてしねぇもんな」

顔を見合わせたら悪態をついたり、文句を言ったりしているのに、二人はとても仲が良いことが伝わってくる。見ていると微笑ましくなる。それに千枝子さんを見ていると、どこか懐かしささえ感じる。今もまだおばあちゃんが生きていたら、私もこうやって話したり、おばあちゃんと一緒に写真を撮ったりしていたのかな。

「私もおばあちゃんに会いたいなぁ」

「木下のばあさんって……」

「私が七歳くらいの頃に亡くなったの。とても優しい人でね、忙しい両親に代わってよく面倒みてもらってたの。おばあちゃんが生きてたらきっと私の味方になってくれたと思う」

今もまだ生きていたらどんなによかったことか、と何度も思った。

だけど、もういない。話すこともできないし声を聞くこともできない。そんなことを思い浮かべて、少しだけ寂しくなった。

「なんて、そんなこと願ってもおばあちゃんは戻ってこないんだけどね」

しんみりした空気が少しだけ気まずくなって、アイスラテをひと口飲んだ。すると、

「何か食うか」と広瀬くんは提案してくれた。私が家族のことに触れられたくないと、気を利かせてくれたのかもしれない。

「もう昼だし腹減っただろ。何か作るよ」

「広瀬くん料理もできるの？」

「料理っつーか、ちゃんとマニュアルレシピあるし難しくねぇよ」

「私、ほとんど作ったことないからレシピ見てもちゃんと作れないと思う。失敗するだろうし。自分ができないから、料理できる人ほんとにすごいと思う！」

「そんな褒めても何も出ねぇよ」

「お世辞言ってるわけじゃないよ。ほんとだよ！」

私の言葉を「はいはい」と聞き流したあと、「いいから早く選べって」と軽くあしらわれた。メニューの中から私は、〝昔ながらの〟と書いてあるナポリタンを選ぶことにした。

広瀬くんは、壁に掛けてあるフライパンを摑《つか》むと慣れた手つきで調理する。その姿

に思わず見入ってしまった。

「冷めないうちに食えよ」

届けられたトレーの上には、ピーマンや玉ねぎなどのシンプルな具材と一緒に、しっかりとトマトソースで絡められたスパゲッティが、ほかほかと湯気を立てていた。鼻から入り込むおいしそうな匂いに思わずお腹が鳴った。それを広瀬くんに聞かれてしまい、私ははずかしくなる。

「どうぞ召し上がれ」

クスッと笑いながら広瀬くんが言った。

私は小さな声で、いただきます、と手を合わせてひと口食べる。広瀬くんが作ってくれたナポリタンは、優しい甘さがあってどこか懐かしく感じた。

「ん、おいしいね！」

「そりゃどうも」

私がナポリタンを食べている間、広瀬くんはコーヒーを淹《い》れたり接客をしたり忙しくする。その姿があまりにもかっこよく見えて、私はこっそり気づかれないようにスマホで撮った。

ここの喫茶店へ来れば、ホッと肩の荷が下りる。安らぐことができる。自然と笑顔が溢《あふ》れる。

私にとって唯一ここが自分らしくいられる場所だ。

結局その日は、勉強道具をカウンター席の机の上に出しただけで一切勉強をしなかった。

第三章　不穏な噂と雨宿り

母に怪しまれないように平日は真っ直ぐ家に帰り、学校が休みになると図書館で勉強をすると言って喫茶店へ行く。いつしかそんなルーティンが出来上がっていた。

そして今日も、いつも通りの日常を過ごしていた。一限目が終わり、次の教室移動の準備をしていると、「広瀬くんの噂、ほんとなのかな」と隣の席から声がする。

「ほんとだとしたら怖いよね」

「絶対に目合わないようにしないとね」

女子二人の会話が聞こえてきて、私は準備の手を止める。

「広瀬くんの噂って？」

怪しまれないように、私はごく自然な感じで話に加わる。すると、二人は私に顔を近づけてこそっと耳打ちをする。

「知らないの？　過去に暴力事件を起こしたことがあるらしいよ」

「私は一方的に人殴ったって聞いた！」

彼女たちのどちらの言葉にも耳を疑っていると、「怪我させたんだって。しかも病院送りにするほどの怪我だったとか」と話は勝手に進む。

「ちょっと待って、その噂一体どこから……」

私の声よりもはるかに大きな声で話す彼女たちの声が周りに聞こえたのか、「私も知ってる」「俺も」一人二人集まってきた。私の席の周りで彼の噂について盛り上がりだす。

「それ、誰から聞いた？」

「隣のクラスのやつから。割と大事件だったっぽい」

今日までそんな噂が流れたことなんてなかったのに、どうしていきなり……あ、でも一度だけ渡り廊下で他クラスの子が広瀬くんについて話していたことがあったっけ。だけど、あれは噂というよりも〝見た目が怖い〟ってことだったはず。

「ただの噂だし、何かの間違いかもしれないよ」

まだ広瀬くんはいないけれど、この話を聞いたらきっと嫌な思いをする。そう思って必死に止めようと試みたけれど、私一人で止めるのは至難の業で、「ここまで噂が大きくなればもう事実でしょ」と私の声はすぐにクラスメイトによって切り捨てられた。

益々《ますます》ヒートアップする彼女たちの声は、教室中に響き渡り、「他クラスの子たちも知ってたみたいだよ」と次々としゃべりだすから圧倒されて、私はひとつも言い返すことができない。

「誰かが真実を突き止めたんじゃないのかな。それで今になって明るみに出たとか」

「あー言えてる。今までそれがバレないように必死に隠してたとか？」

みんなは、根も葉もない言葉を投げ交わす。私はどうも納得できなかった。喫茶店で話す広瀬くんは、口調は荒いけれど相手のことを考えて言葉をかけてくれるし、喧嘩っ早くもないし、接客対応だってよかった。

それに私が悩みを打ち明けたときも、優しい言葉をかけてくれた。あそこまで親身に話を聞いてくれる人が、人を怪我なんてさせるはずない。

私はそんな噂、信じたりしない。

「ねえ、みんな」

もう一度、声をかけようとしたら、「あ、広瀬くんだ」とコソッと誰かが言った。

すると、一斉に教室が静まり返る。自分に集まる視線に気がついた彼は、「何だよ」と威圧的に言う。近くにいた男子が、「な、何でもねぇよ」とあからさまに動揺して目を逸《そ》らす。

今、私が何か言えば事態は変えられるだろうか。少しは広瀬くんの印象を良くすることができるだろうか、そんなことを考えて立ち上がろうとすると、ちょうど広瀬くんと目が合った。

けれど、すぐに逸らされる。今までだったらそれだけで怖いと印象付けていたけれど、今は違う。きっと、私に関わるな、と伝えたかったのかもしれない。

「うわー、やっぱ雰囲気怖すぎ」

「何でいつもあんな怒ってんの？」

喫茶店ではあれほど話しているのに、教室にいる私たちはまるで他人のフリ。彼は私にあえて話しかけてこないようだし、私はこの空気の中彼に話しかけられるほど勇気もない。周りの人達と同じで場の空気を読むことしかできない。

それがとても悔しくて恥ずかしくてたまらない。だけど、この場で私が何かを発言したとしても彼の印象が変わるとも思えない。

「木下さんも気をつけた方がいいよ！」

そばにいたクラスメイトにコソッと言われる。

「え、気をつけるって何を……」

「広瀬くんのこと。暴力事件を起こすような人と関わらない方がいいよってこと」

みんな口を開けば、勝手なことばかりだ。彼がどんな人なのかも知ろうともせずに、噂だけを信じ込む。

「それは噂でしかないんでしょ？」

だったら——、と言い返そうとすると、みんな、「やば。次、教室移動じゃん」と慌てて準備をしだした。噂のことなんてみんなすっかり忘れたように、「急げ急げ」と笑いながら楽しそうに廊下を走っていく。結局私は何も言い返すことができずに、もやもやした気持ちを抱えたまま教室を出た。

授業が始まってからも、休み時間も、お昼休みも、頭の中は広瀬くんの噂のことでいっぱいだった。

その日は、喫茶店へ立ち寄ってみたけれど、余計なことばかりが頭の中に浮かんで、無意識に彼を傷つけてしまいそうだと思い、「用事を思い出したから帰るね」と嘘をついて早めに家に帰った。

その翌日も噂は話に上がった。まるで何かを燃やしたあとの火が消えずに燻《くすぶ》っているように、クラスメイトは休み時間のたびに広瀬くんにチラチラ視線をむけて何かを話していた。

授業が終わり、先生に手伝いを頼まれて国語準備室まで荷物を運ぶのを手伝った。そのあと廊下を歩いていると、「ねぇねぇ、広瀬くんの噂聞いた？」と女子数人が話しているのが目に入る。教室でクラスメイトが話していたことと同じ噂が聞こえてきて流石に見逃せなかった。

「ちょっといいかな？」

私が恐る恐る声をかけると、彼女たちは振り返る。

「今の噂どこで聞いたの？」

尋ねると、「どこって……どこだっけ」とお互い顔を見合わせる女子数人。首を傾げたり、「さぁ、覚えてない」と不確かな言葉を言ったりするばかり。

「じゃあ出どころは分かってないんだね」

「そうだけど、噂なんてそんなものじゃない。だけど事実だから広まっていくんでしょ」

誰もその噂について真相を追及しないで、それが正しいんだと思い込んで広めていく。

「それってほんとに事実なの？」

「そう言ってるじゃん。てか、あなた誰？　何で噂のことでそんな食いついてくるの。あなたに関係ないじゃん」

彼女たちは怒気を含んだ声で反論したあと、「もう行こ」と私を変な目で見るように逃げて行った。

「……あ、まだ聞きたいこと、あったのに……」

この噂は一体どこからやって来たのか、それだけが謎だった。

＊＊＊

休日になり、家を出て喫茶店へ向かう。広瀬くんはいつも通り出迎えて、私もいつもと同じドリンクを注文する。が、今までのようにふるまえない。

――『広瀬くん過去に暴力事件起こしたことがあるらしいよ』

クラスメイトに言われたことが頭を離れなくて、最近はずっとそればかり考えている。それだけじゃない。他クラスの人たちも知っていた。

「さっきから何唸《うな》ってんの」

不意をつくように声をかけられる。

「飲み物にも一口も口つけねぇし、難しそうな顔してるし。何か悩んでることでもあんの？」

どうしよう。聞いていいのか分からずに悩んだ。だけど、広瀬くんが違うと一言言ってくれたら、それはただの噂になる。すっきりする。もやもやしてるなら解決したらいいだけ。

「広瀬くんに聞きたいことがあるんだけど……実は、クラスメイトに広瀬くんのことを聞いたの」

「何、俺？」

「過去に、暴力事件を起こしたことがあるって。多分そんな噂があるってだけなんだけど、どうなのかなと思って……」

広瀬くんの顔を見ることができずに、私は目線をカウンターに落とした。

「昨日もね、廊下を歩いてたら他クラスの子が噂してたの。でも、そんなの信じられなくて……だから、えっと、その……」

本人に聞いて広瀬くんを傷つけてしまうんじゃないかと不安で、なかなか言葉が出てこなかった。

なんて答えるのか分からずに、固唾《かたず》を呑《の》む。

「……俺は、そんなことしてない」

彼はぼそりと呟《つぶや》いた。そしてもう一度、「そんなの俺は知らない」と強く否定する。

その言葉を聞いて、私は少しだけ安堵《あんど》した。

「じゃあ、どうしてそんな噂が流れてるんだろう」

広瀬くんに尋ねるが、「さぁな」と素気なく返される。いつもと様子が違って見えた。

「あの、広瀬くん……」

「悪い、上に忘れもんしたから席外す」

広瀬くんはカウンターから出て、二階へ向かおうとしたその矢先、千枝子さんの声がした。

「紘、悪いんだけどまた買い物お願いしてもいい？」

千枝子さんが二階から下りて来る。私に気がつくと、「柚葉ちゃん。いらっしゃい」と私に笑いかけた。私は、小さく頭を下げる。

「紘、どうしたの？」

固まっていた広瀬くんに千枝子さんが声をかけるが、広瀬くんは「何でもねぇ。買い物だっけ」と何事もなかったかのように言った。

こちらに背を向けているから、広瀬くんの表情はよく見えない。

千枝子さんは、広瀬くんにメモ用紙を手渡しながら、「また荷物多いけど文句言わないでね」と冗談ぽく笑うが、広瀬くんはいつものように言い返さず、「ああわかった」とエプロンを取って店を出た。

どうしよう、私が怒らせてしまったのかな。気を悪くさせちゃったかな。不安になり広瀬くんが出ていったドアへ顔を向けた。

「あの子、どうしたのかしら。いつもなら何か言い返してくるはずなのに、私何か怒らせちゃったかしら」

広瀬くんの様子に疑問を抱いた千枝子さんはドアをしばらく見つめたあと、「柚葉ちゃん何か知ってる？」と私に尋ねた。

「……いえ、とくにはなにも」

私は咄嗟《とっさ》に嘘をついてしまった。

きっと、さっきのあれだ。私があんなことを聞いてしまったからだ。

私の一言が、彼を傷つけてしまった。

私の一言が、彼を追い詰めてしまった。

それが申し訳なくて、ここにいることさえも許されないような気がして。

「すみません、今日は帰ります」

私は、会計を済ませて店を出た。


それ以来、なんとなく気まずくて喫茶店へ行くことができなくなってしまった。時間が経てば経つほど、謝るタイミングを逃してしまう。そのせいでどんどん私と彼の間に距離ができていく気がする。

どうにかしてまた前の関係に戻りたい。そう思って学校帰りに何度か喫茶店へ立ち寄るけれど、あと一歩の勇気が出ない私は、ドアを押して入ることができなかった。

「ただいま」

私の帰宅に気づいた母は、「おかえり」とリビングのドアから顔を覗《のぞ》かせる。

そのまま廊下を通り過ぎようとしたら、「元気ないけど何かあったの？」と母が私を引き止める。今までだってすごく元気だったわけではない。私が悩んでいることに気づかせないように必死に笑顔を作っていただけ。

「……特に何もないよ」

「じゃあ何で元気ないの」

このままだと母に何かいらぬ誤解をされるような気がした。

「……ただ、ちょっとクラスメイトとすれ違いがあっただけ」

咄嗟に私は、そう答えた。

そうしたら母は、「あら、そんなことだったのね」とわかりやすく安堵する。

私にとっては〝そんなこと〟じゃないのに。そう思うと、小さな怒りが沸き起こる。

「クラスメイトと仲が拗《こじ》れたって、べつに気にすることないのよ。ただ同じクラスってだけで柚葉とは住む世界が違うの」

住む世界が違うなんておかしい。私は、みんなと同じ世界に生きている。会話だってするし、笑うことだってある。

「よく話すクラスメイトだったから、ちゃんと謝らなきゃいけないかなと思って……」

「そんなことで悩んでる時間なんてないの。余計なことは考えず、ただしっかりと勉強をしていたらそれでいいのよ」

仲直りをするのが余計なことだと母は言う。

「この世界はね、実力が全てなのよ。学歴社会なのよ。いかに今から人と差をつけて優位に立つか。それだけを考えていたらいいの。人間関係なんてね、社会に出たらいくらでも築けるわ。そのときに友達を作ればいいの。あなたは、今は勉強だけをしっかり頑張って。いい成績を残して、いい大学に行く」

私の肩に手をついて、「それがあなたの目標でしょ」と母は言う。その手が、その言葉が、私に圧力をかける。

「私はね、あなたに期待してるの。あなたならやればできるわ。大丈夫。自分を信じなさい」

いつかこのままいけば、私は私じゃなくなってしまうんじゃないのかな。このまま私が消えてしまうんじゃないか、そんな不安に襲われる。

「お母さん、私……」

必死に言葉を紡ごうとするけれど、すぐに母に妨げられる。

「あなたには私がついてるわ。やればできる子よ。だから、お願い。どうか美晴のようにはならないで」

言葉で自由を奪われて、身動きが取れなくなる。全身がどんどん重たくなる。

「……そう、だね」

無理やり微笑みながら頷《うなず》いた。私の感情が、消えていく。

＊＊＊

広瀬くんと気まずいまま、一週間が過ぎた、ある日の休日。朝食を終えて自室に戻り、いつも通り机に勉強道具を準備してシャープペンを手に取るが、全然身が入らない。窓を開けて気を紛らわそうとカーテンを捲《まく》るが、空は今にも雨が降り出しそうな分厚い灰色の雲で覆われていて、さらに憂鬱《ゆううつ》さが増した。

「ダメだ。少し休憩しよう」

グーっと背伸びをしたあと、部屋の本棚を見る。本を選ぼうと手を伸ばすが、あることに気づく。

「……本がない」

私がこっそりとお年玉で買った本がこの場所から消えていた。前に読んだときはちゃんと戻したはずなのに。おかしい。もう一度本棚に置いてある本のタイトルを目で追っていく。それでもなければ、本棚と壁の隙間に落ちているとか。一度本を取り出して確かめてみる。

やっぱりない。途方に暮れていると、ドアがノックされた。

「何をしてるの？」

部屋の中を見て母は少し険しい顔をした。

「捜し物。ここにしまったはずの本がどこにも見当たらなくて」

立ち上がり本棚の一番上の段の端を指差すと、「ああ。もしかしてあの本」と母は悪びれる様子もなく告げた。

「お母さん知ってるの？」

「知ってるも何もあの本は私が処分したんだもの」

「……処分？　なんで？」

「なんでってあなたにあの本は必要ないでしょ。勉強以外のものが置いてあると集中できなくなるだろうから」

「どうして捨てる前に確認してくれなかったの？」

「必要ないものを捨てるのに確認なんて取らないわ」

――違う。そうじゃない。〝必要〟か〝必要じゃないか〟判断するのは、私なのに。

「あれは、私にとって必要なもので……」

ぐっと拳《こぶし》を握りしめて怒りを堪《こら》えるけれど、母は「あらそうだったの」と淡々と答える。

「でも柚葉に必要なのは、あんなものよりこっちじゃないかしら」

母は私に二枚の紙を手渡す。それらは、『大学受験　山崎ハイスクール』という見出しのついた塾の説明書と申込書だった。

「この前買い物行ったあとに近所に塾ができてることに気がついてね、そのチラシが自由に持って帰れたから貰《もら》ってみたんだけど、講師がとても良い方だと評判みたいなのよ」

ダメだ。これじゃあ、完全に母のペースだ。

「学校の勉強だけだといい大学へ行くには少し心配だから、塾ならいいんじゃないかしら。ここは確認テストが定期的にあるみたいだし、模試も過去の入試の傾向や動向などを分析して作成しているそうよ。偏差値や現時点での合否判定もわかるから自分が今どのあたりにいるのか把握できていいと思う。それに集団指導っていうのもいいわね」

大学に行きたいと言ったわけじゃないのに、私がそれを望んでいるかのような口振りに心底嫌気がさす。進路を決めるのは、二年の末頃。入学したばかりの私にはまだ無縁な話のはず。

「お母さん、あのさ……」

「何？」

「えっと、だから……」

母に怯《おび》えて言いよどむ私に痺《しび》れを切らし、「早く言いなさい」と私を急《せ》かす。威圧的な言動に、私は怖気《おじけ》付いて口を結んだ。

するト、母は何かを察したのか、私を怖い顔で睨《にら》みつける。

「まさかあの子みたいなことを言うんじゃないでしょうね」

と、怒気のこもった声が部屋に響く。

私が何も言えないでいると、母は、盛大なため息を漏らして、「勘弁してちょうだい」と前髪をかき上げた。

「ただでさえあの子のせいでこのあたりでは立場がないのよ。せっかくいい高校に入学できて次は大学ってときに、あの子近所の人に美容専門学校に行くなんて言って歩いたみたいで、私たち家族は近所でいい笑い物よ。このあたりの子たちはみんな大学に行ってるのに、二人も子供がいてどっちも大学に行かないなんてことになったら、私たちここに住めなくなるわよ」

「住めなくなるって、ここ私たちの家だよ」

「そんなの関係ないの。世間体ってあるのよ。あなたたち子供にはまだ分からないと思うけど、親はそういうのと必死に戦っているの」

そう言ったあと、「だから、あなたまでそんなこと言い出さないでちょうだいね」とため息をついた。

〝――親は必死に戦ってる？〟

じゃあ一体子供はどうなんだろう。私たちは、何一つ戦っていないと思っているの？　私たちは何も我慢していないと？

「お願いだから、これ以上お母さんたちをガッカリさせないで」

結局、母は自分のことしか考えていない。

「じゃあそれだけ。お母さん今から用事があって出てくるけど、塾のこと考えてみて」

いつのまにか手から落ちた塾の申込書を拾って私に握らせると、母は部屋を出て行った。

それから母が外出する音がかすかに聞こえて、抑えていた怒りが沸々と沸き上がる。

――『これ以上お母さんたちをガッカリさせないで』

握らされた塾の申込書を床に投げ捨てて、机に載っているものも全て腕で払い除《の》ける。

「何で、私ばっかり……！」

こんな辛《つら》い目に遭うんだろう。

怒りが抑えられなくて、ベッドに突っ伏して布団を殴りつけた。

しばらくして、コンコンッとドアがノックされる。

「柚葉いる？　私だけど」

姉の声が聞こえて、わずかに顔を上げる。

姉は、朝早く外出していた。顔を合わせていないけれど、ドアの開閉の音はちゃんと聞こえる。自室の窓から外を見れば、おしゃれをして歩いて行く姿が見えた。じゃあどうして帰ってきたんだろう。

「さっきね、買い物行った帰りにケーキがすごくおいしいって有名なお店に行って来たの。柚葉の分も買ってきたんだけど、一緒に食べない？」

……ああ、なんだ。そんなこと。やっぱり姉も、自分のことしか考えていない。

何も知らずに呑気《のんき》な姉の声がドア越しに聞こえてきて、心底憎いと思った。

「……いらない」

ポツリと弱々しい声で答えたせいでドアの向こうには届かない。そのせいで「ねえ、柚葉」と姉は何度もノックするから。

「だから、いらないって！」

自分でも驚くくらい大きな声が出た。

「でもね、これほんとにおいしいんだよ。一度柚葉も見てみたら食べたいって思うかも」

そう言ったあと、姉は「ちょっと開けるね」と無断でドアを開ける。

「――やめて！」

私は必死に抵抗したけれど、それは間に合わなかった。

「……え、これ、どうしたの」

扉の向こうから現れた姉は、勉強道具が散乱した私の部屋を見て目を見開く。

見つかってしまったものは、もう隠すことも言い訳をすることもできない。ならば、いっそのこと全てぶち撒《ま》けてしまえばいい。

「お姉ちゃんのせいだよ……お姉ちゃんがお母さんにあんなこと言ったから、私の人生はめちゃくちゃになったの！」

「あんなこと？」

姉は、自分がしたことを忘れているようだった。

その姿に怒りが込み上げてくる。

「……お姉ちゃんがあんなことさえ言わなければ私は今、こんなに苦しんだりしてない」

悔しくてたまらない。その場に落ちていた塾の申込書が視界に入り、おもむろにそれを摑《つか》み、しわができるほど握りしめる。

「お姉ちゃんのせいで、お姉ちゃんのせいで……」

何度も何度も繰り返し、憎しみをあらわにする。

すると姉が、真っ直ぐに私の目を見て言った。

「お母さんの言いなりになるのが嫌ならそこから抜け出せばいいんじゃない」

「え？」

「仮に柚葉もやりたいことがあるなら、ちゃんと伝えなきゃ。行動に移さなきゃ何もできないし変わらないよ」

　まるで私に説教をするみたいに上から目線で言った。

〝やりたいことがあるなら伝えなきゃ〟？

〝行動に移さなきゃ何もできない〟？

「……なにそれ」

　自分勝手で自分だけ自由になって、私がどんな思いで毎日を過ごしているのか知らないくせに。

「何も分かってないのはお姉ちゃんの方だよ……っ！」

　しわくちゃになった塾の申込書を姉の方に投げつける。

「お姉ちゃんのせいでただでさえお母さんあんなに怒ってるのに、やりたいことがあるなんてそんなの口が裂けても言えるはずないじゃん！　やりたいことあるなら行動に移さなきゃ？……そんなのお姉ちゃんだけには絶対に言われたくない！」

　立ち上がり、足音を響かせながらドアの前にいる姉の隣を通り過ぎる。

「ちょっと待ってよ」

姉が私の肩を摑んで引き止める。

「触らないで……！」

自分の手を振り回すと、何かに手がぶつかった。

それは姉の手から離れて、グシャと床に叩《たた》きつけられる。ケーキの入った箱だった。

姉は、それを見てそっと静かにかがむ。その姿は、どこか切なげだった。

けれど、一番傷ついているのは他の誰でもない私だ。

「……お姉ちゃんになんて私の気持ち分かるはずないじゃん」

ポツリとそう言うと、私はそのまま階段を逃げるように下りた。

姉の声は聞こえない。足音も追いかけてこない。家にいたくなくて、私はそのまま玄関へ向かい靴を履いてドアを開けた。

「……お姉ちゃんなんて嫌い、大嫌い……顔も見たくない……」

私は姉から逃げるように、現実からも目を逸《そ》らすように、目的地もないまま駆け出した。

一体どれくらい走ったんだろう。自分が走った道さえも覚えていなくて、随分遠くまで来たことに気づき立ち止まった。

——ポタッ……

頭に何かが落ちる。顔を上げると、今度は頬に落ちた。雨だ。それは次第に強まるのに、足はゆっくりとしか動かない。このままどこへ行こう。どこへ逃げよう。私の居場所なんてもうどこにもない。

——『俺の前では弱音吐いていいんだよ』

不意に、広瀬くんの声が頭の中に浮かんだ。

私、広瀬くんに会いたい。

だけど、私が彼を傷つけてしまったことに変わりはないから彼に合わせる顔がない。

「……私、ひとりぼっちになっちゃった」

土砂降りに打たれながら、絶望的な気持ちになる。

私は思わず、その場にしゃがみ込んだ。

「——木下？」

突然、どこからともなく広瀬くんの声が聞こえた気がした。

空耳だろう、そう思っていると、「木下だよな」とまた声が聞こえる。おずおずと顔を上げると、傘を差してもう片方の手には袋を持っている広瀬くんが、こちらへ水を弾《はじ》かせながら駆け寄った。

「お前、何やってんだよ！」

慌てた声と表情で彼は、私に傘を差し出した。

「傘どうしたんだよ」

「……持って来てない。急に降り出したから」

「だからって雨に濡《ぬ》れたまま何やってんだよ」

いつもより荒々しい声に怒気が籠《こも》っているようで。

「……ごめん、なさい」

謝ると、「怒ってるわけじゃねぇよ」と広瀬くんはため息をついた。

呆《あき》れられただろうか。嫌われただろうか。そんな不安が襲ってきて足元に目線を落とす。

「言い訳はあとで聞く。とにかく行くぞ」

突然私の手を掴み、ぐいぐいと引っ張りながらどこかへ歩き出す。

私は全身の力が抜けたみたいに、どうすることもできずに静かに広瀬くんに連れられるまま歩いた。


雨の中傘を差して数分歩くと、私たちは喫茶店へ辿《たど》り着いた。

随分遠くまで走った気がしたけれど、どうやら私はどこにも行けていなかったようだ。

「いらっしゃいま、せ……」

千枝子さんは私に気づくと、「まあ、柚葉ちゃん?!」と驚いた声と共に駆け寄って来る。

「ばあちゃん、悪いんだけどこいつ二階に連れて行くから、これ冷蔵庫に入れておいて」

広瀬くんは袋を千枝子さんに手渡すと、ろくに説明もしないまま私の手を引いて二階へと連れて行く。

そのまま脱衣所まで連れて来られて、「とりあえずこれで拭《ふ》け」とバスタオルを手渡された。私はそれを掴む力さえなくなってしまったのか、バスタオルが床に落ちる。ボーッと突っ立っていると、ため息をついた彼はそれを拾って、私の頭を乱暴に拭いていく。

「お前さぁ、あんな雨の中傘もささずに何やってんだよ」

また、少し怒気の籠った声が落ちる。

私は、いつも迷惑をかけている。

「……ごめんなさい」

「だからべつに怒ってるわけじゃねえって。ただよ、心配してんだ。何で木下があんな場所でずぶ濡れだったのか」

私は広瀬くんを傷つけてしまったはずなのに、純粋にその言葉が嬉《うれ》しくて涙が溢《あふ》れそうになる。

「まあ、今はいいや。風邪引いたら大変だから、とにかくこれで拭いといて。着替え持ってくるから」

そう言うと、広瀬くんは脱衣所を出た。

一人になったその場所は静かで、寂しく感じた。

バスタオルの隙間から覗く顔を鏡で見ると、覇気のない青ざめた顔がこっちを見ていた。おまけに髪の毛は顔に張りついているし、私よくこんな顔で外を歩けたなあ……。

さっきはこの世の終わりみたいな気持ちだったのに、広瀬くんと会って、彼の声を聞いて、少しだけ気持ちが落ち着いてきた。

――コンコンッ。不意にドアをノックされる。

「着替え持って来た。ここ置いておくからちゃんと着替えろよ。身体冷えてるだろうからシャワー使ってもいいし。濡れた服は、乾燥機で乾かしていいから」

広瀬くんの声が聞こえる。本気で私を心配してくれている声。優しくて温かい。

「じゃ俺、下行っとくから何かあったらまた呼んで」

ドア越しに聞こえる声が、スッと聞こえなくなったあと、しばらくしてドアを開けると、そこには洋服が置かれていた。

たったそれだけのことなのに、私は涙が溢れた。

シャワーはさすがに人の家で借りるのは抵抗があったため、洋服だけ借りることにした。

着替え終わって一階へ下りると、お客さんが少し増えていた。この雨だから雨宿りのために訪れたのだろう。広瀬くんが私に気づくと、カウンター席に座るよう促される。

「身体冷えただろ。これ飲んで温まれ」

と、湯気の立つマグカップを置いた。中身はホットコーヒーのようだ。

「……何から何まで迷惑かけてごめんなさい」

「だから、何度も謝んなくていいって」

怒っているような気がして、もう一度ごめんなさい、と謝ると、かすかにため息が落ちた気がした。

呆れられている。迷惑をかけている。私、広瀬くんにとって邪魔な存在かもしれない。そう思ったら、気まずかったことを思い出して俯《うつむ》いてしまう。

私が彼を傷つけてしまったことに変わりはないから、きっと私のことを許してはいない。これを飲んだら出ていけ、なんて言われてしまうかな。そうしたら私どこへ逃げたらいいんだろう。

「この前は、悪かった」

突拍子もなく告げられた言葉に、私は戸惑って顔を上げる。

「ここで木下に冷たい態度とったあれ、まだ謝れてなかったなと思って」

「……どうして」

「木下、俺のことすげぇ怖がってんじゃん。さっきから謝ってばっかだし。だから、この前のこと気にしてんじゃねぇかなと思って」

怖いから謝っているわけではなかった。迷惑をかけているから申し訳なく感じて謝っていた。だけど、広瀬くんはそうは思わなかったらしい。

「だから、急に避けて悪かった」

本当は広瀬くんよりも先に私が謝らなきゃいけなかったのに。

「私の方こそごめんなさい。広瀬くんの噂の真意を確かめるために、あんなこと聞いてしまって、すごく傷つけたと思う」

カウンター席の机の上に額がつきそうなほど頭を下げて、ごめんなさい、と再度言った。短い沈黙のあと、「気にしてないから顔あげて」と彼は言う。

「だ、だけど……」

「いいって。ほら早く頭上げろって」

これ以上頑《かたく》なに頭を下げていると、本当に怒られそうな気がして顔を上げる。

「木下、この前聞いたよな。俺が過去に暴力事件を起こしたことがあるのかって」

〝暴力〟と直接言葉で聞いてしまうと、攻撃的なものに聞こえて少し怖くなる。私は、彼にそんなことを言ってしまったのだと後悔して、また俯きたくなった。

「――俺、そんとき嘘ついたんだ」

店内はお客さんの声と、雨の音でいつもより騒がしい。そのはずなのに広瀬くんの声がはっきりと聞こえた。

「過去に暴力事件を起こしたことがあんのは、事実。確かに人を殴ったことがある」

あまりにも衝撃的な言葉に私は、「えっ……」と声を漏らす。広瀬くんは一度私の顔を見たあと、目を伏せてゆっくりと話し出す。

「中三の頃、俺には仲の良い友達がいてさ。そいつも俺と似たような境遇で、だから一緒にいて気が楽だった」

どこか昔を思い出しながら、懐かしそうに口角を上げていた。

「でも、そいつがクラスの目立つやつらにからかわれるようになったんだ。理由は母子家庭だったこと。最初は可哀想だとか貧乏だとかそんな言葉をかけられてた」

私はそれを聞いて思わず「ひどい……」と口元を手で覆うと、「だろ。俺もそう思った」と広瀬くんは悲しそうに眉尻《まゆじり》を下げる。

「でも、あいつは笑ってたんだよ。何で言い返さないんだって聞いたら、あいつこう言ったんだよ。『俺はべつに自分のことを可哀想なんて思ったことは一度もない。今が一番幸せだ』って。だから言い返す必要もないって」

……すごい。そんなふうに思えるなんて。

「何言っても動揺しないあいつが面白くなかったんだろうな。そいつらの言動が日に日にエスカレートしていったんだ」

広瀬くんはそのことを思い出し、怒りに満ちているようだった。

「その友達の母親がスーパーで働いてるところを見たって言ってた。しかも写真まで撮って、それ見て仲間内で笑ってた。どれだけ必死に働いても貧乏人は貧乏人のままだとか……働いて金稼ぐことがどれだけ大変なのか知らねぇのにそんなことばっか言いやがって」

広瀬くんは苦しそうに顔を歪《ゆが》め、怒気の籠《こも》った声で吐き捨てる。

「さすがにそれには友達も怒ってた。でも、あいつは必死に堪《こら》えてた」

「どうして……」

「そこで怒りをぶつけたら、一番困るのは誰なのか知ってるから。必死に毎日耐えてた」

……そうか。広瀬くんの友達がなによりも守りたかったのは母親なんだ。だから、どれだけひどい言葉をかけられても我慢してたんだ。親に迷惑かけないように、って。

「そんなことも知らずにあいつら言ったんだよ。『このまま働き続けてたらいずれ過労死するだろうな』って。『でも死んでくれた方が保険金入るからお前幸せになれるんじゃねぇの』って」

「……そんな、ひどすぎる……っ」

「さすがにあいつも自分を止められなくなって殴りかかろうとしたんだ。そしたらまたあいつらが『いいのか殴って。殴ったら先生に言いつけるぞ、親にも言うぞ。そしたらお前の母親も働くとこなんてなくなるぞ』って」

次から次へと現れる元クラスメイトによる暴言は、からかいなんてレベルをはるかに超えていた。

「ひるんだあいつに、『殴ることもできねぇなんて可哀想なやつだな。お前も、母親も一生、惨めな思いして暮らすんだな』って。それ聞いてた俺が我慢できなくなってさ、そこで……」

そのあとに続く言葉は、おそらく広瀬くんが認めた〝暴力事件〟に繋《つな》がるのだろう。

「親がいて何不自由ない暮らしをしているあいつらに、俺たちの何が分かるんだよって……どうしようもない怒りを止めることができなかった」

と広瀬くんは、強く握りしめた拳《こぶし》を見つめる。

「そのあと先生が止めに入って事情を説明することになったけど、俺だけ一週間の謹慎処分」

「どうして広瀬くんだけ……」

「クラス内でとったアンケートで、みんな巻き込まれるのが嫌で何も答えなかった。ただ俺が一方的に殴ったって、あいつらがそう証言した」

噂では、一方的に広瀬くんが殴って怪我をさせたことになっており、それをみんな信じている。

「実際俺が殴った側の人間だから、ばあちゃんは学校に呼び出されて。殴ったあいつの家にも何度も謝りに行った。俺は謝んなかったけど」

いつだったか、千枝子さんが〝あの子も辛《つら》い思いをしている〟と言っていたことがある。きっと、このことを言っていたのだろう。

「世間では俺だけが悪者扱いされんのがどうしても納得できなくて、謹慎が解けても学校休んで、ばあちゃんにも反発するようになって。全部がどうでもよく思えて自分のことも諦《あきら》めて、適当に過ごすようになった」

――どうせ真実を言ったところで誰も信じてはくれない、と。それで広瀬くんは今も周りを拒絶しているのかもしれない。

「そんなときに、ばあちゃんが俺に言ったんだよ。『あんたほんとは悪くないんだろ。理由もなく人を殴るような子じゃない』って。ばあちゃんは俺を信じてるって言ってくれてさ……」

千枝子さんは、ずっと広瀬くんのことを信じていた。誰よりも彼のことを理解しているからこそ、言えた言葉なのだろう。

「それ聞いて、俺何バカなことやってんだろうって思って。自分見失うなんてすげぇバカだよな。全員が敵でも俺のこと信じてくれる人が一人でもいたらそれでよかったのに」

自分自身を鼻で笑うとどこか遠くを眺めるような眼差《まなざ》しをしたあと、「まあ、そんな感じで学校行くようになったんだけど」と最後は少しだけあっさりと話し終えた。

「お友達とはどうなったの？」

おずおずと尋ねると、広瀬くんは私に軽く微笑みかけたけれど、目を伏せて顔を横に振った。

「俺は事を大きくして申し訳ない気持ちがあったし、あいつも俺に悪いって思ってたのはなんとなく伝わったから、それから互いに気まずくなって話さなくなったって感じだな」

悲しすぎる結末に、私は気の利いた言葉をかけてあげることができずにいると、

「――でもいいんだ」と広瀬くんは顔を上げる。

「話せなくなっても、あいつが何も気にせず今元気で過ごしてたら、それでいい」

誰かを思い出しながら穏やかな表情になる。それは間違いなく、広瀬くんの友達。

「これが俺の過去にあった全て」

あまりに凄絶《せいぜつ》な話だった。それを可哀想や大変だったね、なんて言葉で軽く受け止めることができないほどに、広瀬くん自身は辛い思いをしてきている。

私はこれからどんな言葉をかけてあげたらいいんだろう。どんなふうに接したらいいんだろう。広瀬くんに何をしてあげられるだろう。

「あの日、俺は木下に嘘ついて避けた。ほんとに悪かった。今さら信じてもらえるか分かんねぇけど……」

広瀬くんの言葉を聞いていたら。

「──私、信じるよ」

口からポツリとこぼれ落ちた。

どんな言葉をかけてあげるとかどんなふうに接したらいいんだろうとか、私は彼に何ができるのか、なんてのは広瀬くんのことを見下しているのと変わらない。

「広瀬くんの言葉に嘘なんてない。全部、真実だって思った。私、信じるよ」

──私が広瀬くんにできることは、今まで通り接することだけだった。

広瀬くんは驚いたように目を見開くが、すぐに安堵《あんど》したように口元を緩めた。

前に私が広瀬くんに噂について尋ねたとき、知らない、と彼は答えた。そのときはまだ心の準備ができていなかっただけで、嘘をついたわけじゃないのかもしれない。

今広瀬くんが浮かべている表情が、全てを物語っている気がした。

「余計なことかもしれないんだけど、このことをみんなに話してみたらどうかな」

広瀬くんの様子を気にしながら恐る恐る話を持ちかける。

「みんなまだ何も知らないから、広瀬くんのことを怖い人だと誤解する。でも今の話をしたら、ほんとは優しい人なんだって分かるかもしれないし誤解も解けるかもしれない」

自分が知らないものを怖がるのは仕方ないと思う。だけど事実を知れば、広瀬くんの過去を知れば、彼の姿形、本心が見えてくると思う。

「広瀬くんが話しにくいなら、私がみんなに話してみようか？」

「いや、それは必要ない」

「だけど話してみた方がみんな分かってくれるだろうし……」

そうした方がいい、と説得しようと思ったら「俺は――」と広瀬くんの言葉が私の声を遮る。

「木下だから話したんだ。木下が他のやつとは違うと思ったから話すことができた。このことは他の誰かに言うつもりなんてはじめからねぇよ」

先程まで心を通わすことができたと思っていたけれど、急に距離ができたみたいに素気なくなった。

良かれと思って提案したけど、これじゃあ私のひとりよがりだ。広瀬くんには広瀬くんなりのペースがあり、考えもある。

「ごめんなさい、広瀬くんの気持ちも考えずに私勝手に話を進めちゃって……」

「いや、俺も悪かった。木下が俺のことを考えてくれたのは分かってたのに言い方がよくなかったよな」

わずかにぎこちない雰囲気が漂う。だけど、もうすれ違いたくない。

「じゃあこうしようよ。これは、二人だけの秘密」

今度は間違えたくない。だから、ちゃんと想いを言葉にする。

「あ、でも、もちろん広瀬くんが嫌じゃなければだけど……」

二度も同じ間違いはしたくなくて、言葉に自信が持てずにいると、「嫌なんかじゃねぇよ」と広瀬くんは笑った。

「むしろ、俺的には助かる。でも、木下はそれでいいのか？」

「私、広瀬くんのことを傷つけたいわけじゃない。それに広瀬くんの想いも尊重したいから」

私がそう言うと、広瀬くんは「そうしてくれると助かる」と穏やかな顔で私を見つめた。

話し終えたあと、飲み忘れていたコーヒーを飲んだ。心がホッと落ち着く味。

「次は木下の番だな」

不意をつくように名前を呼ばれて、「え」と声を漏らす。

「あんな雨の中ずぶ濡《ぬ》れで今さら何もなかったなんてさすがに通用しねぇよ」

ストレートに告げられて、顔が強張《こわば》った。

……そうだ。私はさっき、姉と言い合いになって家を飛び出してきた。思い出すと、頭がズキズキと痛みだす。それだけじゃない。母が私の大切にしていたものを勝手に処分した。

「何があった？」

さすがに隠し通すことはできなかった。

「実は……お姉ちゃんと喧嘩《けんか》して家を飛び出してきたの。またって思うよね。呆《あき》れちゃうでしょ。自分でもどうしていいか分からなくて……」

広瀬くんに嫌な子だと思われたくなくて、必死に笑って見せた。けれど彼は、「思わねぇよ。だから全部話してみな」と優しく促す。その優しさに気が緩んで、口が自然と動きだす。

「お姉ちゃんと喧嘩する前にお母さんと少し揉《も》めちゃったの。揉めたっていうか私が一方的にもやもやしただけなんだけど……」

先程の母とのやりとりが頭の中に映像として浮かび上がる。

「私が大切にしていたものをお母さんが勝手に処分したの」

「大切なものって……」

「カメラや写真の本。お年玉でこっそり買ってたんだけど、それがなくなってたの……お母さんに聞いたら私には必要ないものだから処分したって言ったの。ひどいよ、勝手に必要ないって決めるなんて」

私の私物だったのに、母は何の躊躇《ためら》いもなく捨ててしまった。それを悪びれる様子もなく。

「捨てたのに謝りもしないし、それどころか塾の申込書を渡してきて今から大学受験に備えなさいって言うの。私は一度も大学に行くなんて言ってないのに……」

あのときの記憶が蘇《よみがえ》ると、悔しくてたまらなくなる。

だけど、はっきりと言えない自分にも腹が立って嫌になる。

「お母さんは言いたいこと言ったあと出て行った。どうして私ばかりがこんなに苦しまなきゃいけないんだろうって、ずっともやもやして苦しくて」

部屋を散らかしても、手渡された塾の申込書をくしゃくしゃにしても気持ちはちっとも晴れることはない。

「そのあとにお姉ちゃんが買い物から帰って来たの。自分はおしゃれして楽しんで満足して帰って来て、ケーキ買ってきたから一緒に食べようなんて言ってくるし」

私のことなんか一切考えていないくせに、調子のいいことばかり言う姉。

「いらないって言ったのに、勝手に部屋を開けるから……そこで全部爆発しちゃった。今まで溜《た》め込んでたもの全部お姉ちゃんに言っちゃった」

視界に靄《もや》がかかっているように、ずっと目の前が見えない。先が見えなくて、そんな不安に苛々《いらいら》して。

「私がこんなに苦しいのはお姉ちゃんのせいなんだって、お姉ちゃんが勝手に好きなことするから私は今こんなに苦しいんだって言って……」

――それだけじゃない。

もっと傷つけるような言葉を言った。

「私……お姉ちゃんのことなんて嫌い。大嫌いって言って逃げてきた……」

そのとき、姉がどんな顔をしていたかなんて分からなかった。

だけど、知らなくてもよかった。

「姉ちゃんのことそんな嫌なの？」

「……嫌いだよ。だって私のことをこんなに苦しめるんだもん。大っ嫌い……！」

「だったら何でそんな傷ついたみたいな顔してんの？」

何を指摘されたのか一瞬分からなくて、顔を上げる。

「姉ちゃんのことを嫌いって言ってる木下、すげぇ苦しそうだけど」

「そんなことない……私はほんとにお姉ちゃんのことが嫌いで……」

私は、怒りと憎しみで拳《こぶし》に力を入れる。すると。

「ほんとは嫌いじゃなくて好きだからそんなに苦しんでるんじゃねぇの」

突然、そんなことを言った広瀬くんに困惑する。

「愛と憎しみは紙一重ってよく言うじゃん。好きなだけなら楽しくて幸せだろうし、逆に憎しみは憎むだけだからまだ気が楽。でも、憎んでるけど嫌いになれない状況は一番きつい」

広瀬くんから逃げるように目を逸《そ》らす。

「それがまさしく今の木下で、憎んでるけど姉ちゃんのこと心の底から嫌いになれないから苦しんでるんだよな、きっと」

――私が姉のことを嫌いになれていない？

「……違うよ、私ほんとに……」

好きなんかじゃない。全然そんなんじゃない。そのはずなのに、心がザワザワするのはなぜだろう。

「ほんとはもっと他に言いたいことがあるんじゃねぇの？」

ほんとは私――

彼の言葉を聞いて、心の奥深くから小さな声が聞こえてきた。

「……圧力ばかりかけて、私のことをお姉ちゃんの代わりにしか見てないお母さんが嫌い。好きなことをしてるお姉ちゃんも嫌い。自分だけ自由になったのも許せない。いつも黙っているばかりで味方になってくれないお父さんだって嫌い。私たち家族はみんなバラバラで、みんな自分のことしか考えてない」

愛と憎しみは、紙一重だと広瀬くんが言った。私はずっと家族を憎んでいる。

だけど、それだけじゃない。

「でも……お母さんに何も言えない臆病《おくびょう》な自分が嫌いだった。私が不幸になるのはお姉ちゃんのせいだって思って勝手に憎んでる自分も嫌いで、みんなのことばかり憎んで、自分では変えようとしてこなかった。そんな臆病な自分が一番大嫌い……っ」

みんなを憎むのは、弱い自分から目を逸らすため。いくら憎んだって自分の生活が変わるわけではない。うまくいくはずもない。どんどん自分の心が疲弊していくだけ。

そんな生活に疲れて、心も身体も全部ボロボロだった。

「私はずっと、お姉ちゃんのせいにして八つ当たりして……」

憎むだけなら少しだけ気が楽になれる気がした。この状況を作ったのが姉なら、姉を恨めばいいと思った。そうする権利が私にはあると思った。

「……もう、私の居場所なんてどこにもない」

消え入りそうな声で呟《つぶや》いて、私は俯《うつむ》いた。

「居場所なら、まだあるだろ」

広瀬くんの言葉に、力なく顔を上げる。

「ほんとはもう自分でも気づいてるだろ。誰が一番木下のことを気にかけてるか。そばにいるのか」

「だけど、私……」

「今ならまだやり直すチャンスがある」

広瀬くんは真剣な目で私を見つめる。

「気持ち伝えるのって簡単なようで意外と難しい。言葉ひとつでも相手の受け取り方によって意味が変わる。誤解されることだってあるかもしれない」

でも、と広瀬くんは続ける。

「だからこそ言葉があるんじゃねぇのかな。相手にちゃんと気持ちを伝えるために、たくさんの言葉がある。すれ違わないために、互いを理解し合うために言葉がある」

私たちは、お互い言葉を伝え合っていなかった。そのせいですれ違って、姉のことを理解できずにいたのだろうか。

「話し合うのは怖いと思う。でも、ここで逃げたら何も変わらない。姉ちゃんからも親からも」

私は今まで逃げてばかりだった。ずっと姉のことを拒絶していた。

「一度向き合って話し合うことも大事だと思う。いなくなってからじゃ遅いから」

「……今さら話なんてできるのかな。話してみたところで、お姉ちゃんも許してくれるか分からないしお母さんたちだって……」

不安に押しつぶされそうになり、マグカップをぎゅっと握りしめる。

「許すとか許さないとかじゃなくて、木下はどうしたい？」

できることなら、諦《あきら》めたくない。やりたいことも、仲直りすることも。だけど、それを言葉にすることも今さらおこがましい気がして、口を噤《つぐ》んだ。

「ほんとはもう心決まってるんだろ」

私の心を読み解いたみたいに、広瀬くんが言う。

私は、弾《はじ》かれたように顔を上げた。

「なら、どっちも欲張ればいいじゃん」

「でも、うまくいかなかったら……」

「それはやったあとで考えたらいいことであって今考えることじゃねぇよ。まずは行動を起こさねぇと」

姉と話し合うことができる気もしないし、両親と進路について話し合うことも怖い。どちらも恐れている。

「それとも、どっちも手放して今まで通りに過ごすか？」

「……それは、嫌かなあ……」

「だったら遠慮なんかする必要ない。自分の気持ちを全部ぶつけてくればいい。それは木下にしかできないことだから」

広瀬くんの言葉に溢《あふ》れだす涙。それは頬を伝って流れていく。

ここは、喫茶店。私の他にもお客さんがいる。だけど、いつもよりガヤガヤと騒がしくて私が泣いていることには気づかない。人前で泣きたくなかった。泣かないはずだった。我慢できると思っていた。

「今まで溜めてた苦しみ全部吐き出せばいい」

広瀬くんの言葉と店内に流れる優しいクラシックが私の感情を煽《あお》る。

テーブル席にいるお客さんに私が泣いていると知られてはいない。ただ、広瀬くんだけがずっと私のことを見守ってくれていた。


「恥ずかしいところ見せちゃってごめんね」

しばらくして泣き止んだ私は、羞恥心《しゅうちしん》に襲われた。

「少しはすっきりしたか？」

「……うん、おかげさまで」

ちゃんと息が吸えている気がした。

「そうか、よかった」

彼は口元を緩めたあと、「ちょっと待っとけ」と言い残して何か作業を始めた。

しばらくして広瀬くんは、「お待たせ」とカウンター席の机の上にもう一つのマグカップを置いた。

そこには、泡で動物の絵が描かれていた。

「母親に自分の思いを伝えることって俺が思ってるよりも難しいだろうし、姉ちゃんと話すことも考えるとすげぇ怖いと思う。でも、今日一日の最後くらい楽しい気持ちで締めくくってほしくて」

彼の何気ない優しさが胸に染みて、また目頭が熱くなる。

「……ありがとう、広瀬くん」

今度は涙が溢れないように指先で涙を拭《ぬぐ》った。

「それにしても雨すごいわねえ」

ポツリと呟きながら千枝子さんはカウンターに入って来ると、「柚葉ちゃん、傘——」話しかけるが、私の顔を見て驚いたように黙り込んだ。

その直後、千枝子さんは広瀬くんに詰め寄った。

「こらっ、なに柚葉ちゃんを泣かしてるの！」

「はあ？　泣かせてねぇよ。勝手に決めつけるな」

千枝子さんの言葉に少しムッとしながら反論した広瀬くんは、そっぽを向く。

「柚葉ちゃん、紘に何か嫌なこと言われなかった？」

「すみません、少し目にまつ毛が入っちゃったみたいで……」

咄嗟《とっさ》に嘘をつくが、千枝子さんは、困ったような悲しそうな顔をして、「そうだったのね」と微笑んだ。その表情に、なんとなく全てを見通されているような気がした。

「広瀬くん、絵も描けるんですね」

「それ、ラテアートって言ってね。結構流行《はや》ってるみたいだけど、紘一度も描いたことないのに。どうしたのかしら」

……初めて描いてくれたんだ。これって、私のために作ってくれたってことだよね。

それが素直に嬉《うれ》しかった。

「広瀬くん。絵上手《うま》いね。これ猫でしょ」

カウンターにいる彼に声をかけるが、「いや、それ犬だから」と返される。

「……え？」

「だから猫じゃなくて犬」

もう一度、マグカップの泡を見る。広瀬くんが言う犬にも見えなくはない。

「ほ、ほんとだね、よく見てみたら犬だね！」

慌てて言葉を訂正すると、カウンターで会話を聞いていた千枝子さんが「あははは
っ」と笑い出す。すると広瀬くんは、チッと舌打ちをして背を向けた。
だけど、耳が少しだけ赤いから、どうやら怒っているわけではないみたい。
絵が消えてしまう前に、こっそりと写真を撮った。
ほのかに香る苦みと、ミルクの優しい甘さが口いっぱいに広がって、ごくりと飲め
ば身体の中がじんわりと温かくなる。
——また泣きたくなったのは、誰にも秘密だ。

帰り道、途中まで送ってくれた広瀬くん。その頃には、すっかり雨は止んで雲の隙
間からわずかに日が差してきた。
家に帰っても幸いなことに母はまだ帰って来ていなかった。部屋に戻ってみたら散
らかしたままになっている。当然だ。私がこの部屋から逃げたから。
だけど、今は怒りはなくて、気持ちは落ち着いていた。
翌朝、起きるとなんだか熱っぽかった。体温計で測ると三十八度を超えていた。母
にそのことを伝えると、「どうして大事なテスト前に熱を出すの」と怒られた。悲し
いとは思ったけれど、それが母らしいとさえ思った。

雨に濡《ぬ》れたせいで熱を出し学校を休むことになる、なんて少し前の私だったら信じられない。熱があっても休まなかったかもしれない。そんなことを考えながら、熱にうかされながらもう一度眠りについた。

第四章　向き合う過去

ようやく熱が下がったのは二日経ったあとだった。今朝の母は、『しっかりと二日間の空白を取り戻してきなさいね』と最後まで私の心配などしなかった。

登校した私にクラスメイトは大丈夫？　と口を揃えて尋ねる。広瀬くんも私に気づくと一瞬立ち止まったように見えたけれど、彼は何事もなかったかのように自分の席についた。

午前中の授業が終わりお昼休みになると、早く昼食を済ませて広瀬くんを捜す。どうしても彼に頼みたいことがあるからだ。

校舎のあちこちを捜し回るが見つからない。広瀬くんの行きそうな場所を考える。噂されている彼が誰にも見つからずにひと息つける場所はどこだろう、と考えて浮かんだ先は校舎裏に一番近くて日当たりの悪い閉め切られた旧図書室だった。私と広瀬くんが初めて話した場所。そこなら普段人が寄り付かないはず。

旧図書室にたどり着き戸を開けると、薄暗くて空気も悪い。一度窓を開けて換気しようと窓へと向かって歩く。

「――木下？」

すると、突然どこからともなく声がする。あたりを見回すと、窓際の本棚に背をもたれるように座っている広瀬くんと視線が重なった。

「……あ、広瀬くん見つけた」

思わず声を漏らすと、「は？」と彼は困惑した顔を見せる。

「休んでるところごめんね。ちょっと広瀬くんにお願いしたいことがあって捜してたの」

「捜してたって……何で？」

「あのね、今日お姉ちゃんと話してみようと思って……それで、夕方喫茶店の席を二つだけ貸してもらえないかなっていう相談なんだけど……」

「ああうん、分かった」

「……え、ほんとに。いいの？」

私がそう尋ねると、広瀬くんは少し目を伏せて微笑む。

「決心したんだろ。だったら力貸すよ」

当たり前のように言ってくれた、その言葉がとても心強く感じた。

「ありがとう、広瀬くん」

まだ姉に連絡をしていないから、私よりも先に喫茶店に来た時のために姉の見た目や特徴を伝える。そのあとは、熱はもう大丈夫なのかとかと広瀬くんに尋ねられたけれど、私は大丈夫と答える。

そろそろ授業が始まる。私たちは旧図書室を誰にも見つからないように抜け出した。途中、広瀬くんに提案されて、別々に教室に戻ることになった。噂が広がっているから私に迷惑をかけないようにしようと思ったんだろう。

教室に戻り、すぐさま姉にメッセージを送る。

【突然、連絡してごめんなさい。お姉ちゃんに話があります。喫茶店で十六時半に待ってます】

それから喫茶店の地図と写真を送った。

連絡を待とうと思ったけれど本鈴が鳴り先生が入り口から入って来たので、私は慌ててスマホを鞄《かばん》の奥底にしまった。

学校が終わると、スマホを確認する。だけど姉からの連絡は来ていなかった。それでも送ったからには来ると信じて掃除当番を済ませてから喫茶店へ向かった。

来ていて欲しいけれど、会うのが怖い。そんな葛藤《かっとう》をしながら、一度店の前で息を整えてからドアを押す。

「いらっしゃい」

広瀬くんが出迎える。私は店内を見回すけれど、「まだ来てないよ」と彼が答える。私は、「そっか」と返事をして肩に入っていた力を抜く。

「そっちの一番奥の席使っていいよ」

彼が指を差した場所は四人掛けになっているテーブルだった。夕方から夜にかけて飲食店は混み合う時間。

「え、だけど、そこは……」

「十六時半頃はそこまで混まないし大丈夫。てか、ゆっくり話せた方がいいだろ。積もる話もあるだろうし」

広瀬くんは、気を遣ってくれた。それが申し訳なくもあり、けれど、ありがたくもあったので、私は素直にその優しさを受け取ることにした。

「そうだ。これ、まだ返せてなかったよね。ごめんね」

借りたままの洋服を入れていた紙袋を広瀬くんに手渡す。

「この前はほんとにありがとう」

「大したことしてねぇよ」

あのとき、広瀬くんが来てくれて本当によかった。

それから四人掛けのテーブルに移動して、いつものアイスコーヒーを注文する。しばらくしてドリンクが運ばれる。私は不安でいっぱいだった。何度もスマホを確認する。

「今日お姉ちゃん来るかな……」

「心配？」

「だって今さらだし、私のことなんてもう……」

妹だと思ってないかもしれない。そう思っていたら突然、テーブルに置いていたスマホがピコンッと音を立てる。スマホを取り確認すると、メッセージ通知が一件あった。

【連絡遅くなってごめんね。少し遅れるかもしれないけど、今そっちに向かってるから】

姉からの返事だった。

「心配する必要なかっただろ」

広瀬くんは私の顔を見ただけで、届いた内容を理解したみたいだった。

「だけどやっぱり怖いね。今になって手が震えてきた」

「そりゃそうだろ。今まで避けてきたんだから……でも、話す機会ができてよかったじゃねぇか。木下の思ってること全部言える。家族なんだから話し合えばきっと伝わる」

向き合うことに怖さはある。だけど、広瀬くんの言葉が少しだけ緊張を和らげる。

「そうだね。私、ちゃんと伝えてみる」

もう黙って見ているだけの弱虫の私じゃない。私はきっと生まれ変われる。

それに私は、一人で戦っているわけじゃない。

私には、こんなにも心強い味方がいるのだから。

アイスコーヒーを一口飲んで心を落ち着かせる。私ならできる。大丈夫。頑張れるはず。

待ち合わせ時間を十分ほど過ぎたとき、カランコロンッと音が鳴る。広瀬くんの「いらっしゃいませ」という声が聞こえた。私は入り口に背を向けるように席に座っているため、ここから姉の姿は見えない。ただのお客さんなのか姉なのか区別がつかない。

「あ……すみません、ここで待ち合わせをしている木下ですが」

聞き慣れた声に鼓動が暴れ出す。まるで全身の血が逆流しているみたいに慌ただしくなった。

「どうぞ、こちらへ」

広瀬くんの声が聞こえたあと、ゆっくりと近づいて来る、二つの足音。その音に同調して心臓の音も加速する。

「木下」

不意をつくように広瀬くんが名前を呼ぶ。恐る恐る顔を上げると、そこには彼に案内された姉の姿があった。

「……柚葉」

「何か飲みますか？」

姉は不安そうに私を見つめたあと、そうっと向かいの席に座る。

広瀬くんが尋ねると、姉は、「アイスコーヒーをお願いします」と控えめな声で呟《つぶや》く。

かしこまりました、と言って広瀬くんはカウンターへ戻って行った。

急に訪れた二人きりの空間に耐えられずに、私はアイスコーヒーを喉《のど》に流し込んだ。

「あのさ、柚葉」

不意に姉が口を開いた。

「今日はありがとう。まさか連絡もらえるなんて思ってなかったから、嬉《うれ》しかった」

「……うん」

自然に話したいのに、今までの態度が邪魔をして冷たく返事をしてしまう。昔は、どうやって話していたっけ。全然思い出せなくて嫌になる。

そんな中、お待たせしましたと広瀬くんがアイスコーヒーを持ってくる。

「木下は、おかわりよかった？」

その声に、「え」と顔を上げたのは私だけではなかった。姉も〝木下〟だから驚いたのだろう。私が大丈夫だと答えると、「ごゆっくりどうぞ」と言って広瀬くんはまたその場からいなくなる。

「柚葉の知り合い？」

「……クラスメイト……」

また素っ気なく答えてしまったことを後悔していると、「へえ、そうだったんだ」と姉は広瀬くんがいるカウンターに目を向けた。

「突然木下って名前呼ばれたから私のことかなって一瞬びっくりしちゃった」

姉は、いつだって明るくて元気でその場を一瞬で和ますような人。呼び出したのは私の方なのに、話しているのは姉の方が多い。

だけど、これじゃあダメだ。ここに呼び出したのは話をするためだから。

「あのさ……今日は、お姉ちゃんに話があって……」

緊張して声が震える。そのせいで言葉の続きが出てこない。どうしよう。ちゃんと伝える、変わるって決めたはずなのに、私の弱虫。意気地なし。

「私から話してもいい？」

黙り込む私の代わりに姉が言った。その言葉に「え」と困惑したあと、私は小さく頷《うなず》いた。

「私ほんとのことを言うとね、もう一生口利いてもらえないかと思ってた」

姉は、眉《まゆ》を八の字に下げて悲しそうな表情を浮かべて笑う。

「当然だよね。お母さんの反対を押し切って、私がやりたいことを目指すようになったから、お母さんは私のことを諦《あきら》めて、今度は柚葉に期待するようになったんだもんね」

その言葉に私は何も言えなくなって、グラスの中に入っている氷を見つめる。

「それで柚葉はずっと苦しんでるんだよね。今も。少し考えてみたらそうなることに気づけたはずなのに、あのときの私は自分のやりたいことに夢中で柚葉のことを気にかけてあげることができてなかった」

いつも明るかった姉の表情が今は曇っていた。

「今さら謝っても柚葉が許してくれるとは思っていない。もちろんなかったことにするのも無理だから、結局私の印象は柚葉の中で変わることはないと思うけど……それでもこれだけは言わせてほしいの。柚葉のこと傷つけてごめん」

と、姉は私に向かって頭を下げた。

その姿に戸惑って私は何も言えなかった。

「姉妹の縁切られる覚悟で、もう一つ言わせてほしい」

そんな私に顔を上げた姉はどこか覚悟しているように言った。

「私は自分の選んだ道を後悔はしてない。もしもう一度同じ状況になったとしても私はまた同じことをすると思う。私は自分のやりたいことを諦めない」

とても残酷な言葉だと思った。今までならそれを聞いて冷静ではいられなかった。怒りをぶつけていたと思う。

けれど、その瞬間、頭の中に流れてきた声。

〝──だからこそ言葉があるんじゃねぇのかな。相手にちゃんと気持ちを伝えるために、たくさんの言葉がある。すれ違わないために、互いを理解し合うために言葉がある〟

それは、広瀬くんの言葉だった。

今までは面と向かってそんなことを姉に言われることはなかった。私が逃げていたからかもしれない。言葉にされるのを恐れていたのかもしれない。

「こんなことという私は、姉失格だよね」

私は、ずっと逃げてきた。姉と向き合うことを恐れていた。

──今からでも遅くはないだろうか。

──まだ間に合うのだろうか。

　ほんとにそうだとしたら、私は。

「……私、ずっとお姉ちゃんのこと憎んでた。何で私ばかりがこんなに辛《つら》い目に遭うんだろうって何度も何度もお姉ちゃんのこと憎んだ」

　私が話し始めると、それを聞いた姉は悲しそうに微笑む。

「お姉ちゃんが自分のやりたいことするようになって、お母さんは私に期待するようになった。私が言ったわけじゃないのに大学に行かせようとして、私の未来は奪われたも同然で」

　一度口から出た不満は、止まることがなかった。

「私の気持ちを言えないようにいつもお母さんは圧力をかけるし、お母さんはいつも自分が正しいんだって思ってる。だから平気で私が大切にしてたものを処分したりする」

　あの日、私は大切なものを失った。目の前が真っ暗になった。

「自分だけ好きなことを目指してるお姉ちゃんだってそう。私に嫌なこと全部押し付けて、なのに平気で話しかけてくる。そのたびに私は怒りでどうにかなりそうで……」

　私の言葉に、相槌《あいづち》を打つ姉の声は段々と小さくなる。

「会いたくないし顔も見たくないし、何で私はお姉ちゃんの妹なんだろうって、何で私の人生はこうなんだろうって、自分の人生を恨む毎日で頭がどうにかなりそうになって」

私は、何のために生まれてきたんだろう。

私は、姉の代わりになるために生まれてきたのだろうか。

「こんなふうにさせるお姉ちゃんのこと嫌いだと思った。大嫌いだった……」

ずっとずっと憎んでいた。

それなのに、どうしてかな。

――『大丈夫。お姉ちゃんがついてるよ』

――『柚葉、ケーキ半分こしよ』

――『転んで怪我したの？　お姉ちゃんがおんぶしてあげる』

小さいころに姉にかけてもらった言葉が走馬灯のように頭の中に流れてくる。

忘れたくても忘れられない。

私がまだ小さい頃、姉はいつだって私のヒーローだった。

私はいつも姉を頼りにしていた。姉のようになりたいと思っていた。

私の心の真ん中にある思いは。

「だけど……やっぱり会えば、声を聞けば、笑い合っていた、あの頃を思い出す」

溢《あふ》れてくる思い出は、全部笑っている姉と私の過去の姿だった。私はいつも姉の背中ばかりを追いかけていた。姉が大好きでたまらない妹だった。

「嫌いだと思っていた方が楽だった……お姉ちゃんのことを憎んでる方が楽だった。今の状況を、私が苦しむ人生を受け入れるよりも、ずっとずっと楽だったから……」

愛と憎しみは紙一重。「愛」だけなら好きでいられるから幸せになれる。「憎しみ」だけでは相手を憎むだけだからまだ楽でいられる。

一番苦しいのは、「好きだけど憎い」。好きだけど嫌いにもなれないし、憎いけど嫌いにもなれない。その状況が一番辛かった。

「大嫌いなんて言って、ごめんなさい。お姉ちゃんのこと……嫌いなんかじゃないよ」

相手に気持ちを伝えるために言葉がある。

思いを伝えるために言葉が生まれた。

「嫌いになれるはずなんて、ないじゃん……っ」

私は天邪鬼《あまのじやく》で、まだまだ子供だった。

「そっか……そっか……」

頷く姉の声は、微《かす》かに震えていた。

瞳《ひとみ》は、わずかに揺れていて光ってみえた。

姉はいつだってたくましかった。私はその強さに憧《あこが》れていた。

お互い涙を滲《にじ》ませて、話せる状況ではなくなり、少しだけ静寂な時間がやってくる。

しばらくして私から口を開く。

「……ずっと、八つ当たりして、ごめんなさい」

「柚葉のせいじゃないよ。私が柚葉を巻き込んだの。だから謝るのは私の方。ごめんね」

「私だって今思い返してみるとひどいことばかりしてきたから……」

「柚葉はただ自分を守ろうとしただけ。決して悪いことなんてないよ」

お互い謝りっぱなしの会話が繰り返される。何だかそれがおかしくなってきて、

「私たちさっきから謝ってばかり」と姉が笑うから、つられて私も口元を緩める。

姉の前で笑ったのは、久しぶりだった。

言葉を交わすことも懐かしいとさえ感じた。

「喫茶店でコーヒーなんていつぶりだろう。すごくおいしいなぁ」

姉は、感慨深げに呟《つぶや》いた。

いつだったか、姉が私に言った言葉を思い出す。

──『最近できた有名なカフェだよ。パンケーキが人気なんだって』

もっと早くにこうしていれば、あのときああしていれば、そう思うことはたくさんある。キリがないくらいに。だけど、今さら時間を取り戻すことはできない。時間を巻き戻すことは不可能だから、私が今できるのはこれからの未来に目を向けることしかない。

「あのさ、お姉ちゃん。何で美容専門学校に行こうと思ったの？」

私が尋ねると、一瞬困った顔をした姉は、「まだ教えてなかったね」と表情を緩めた。

「お母さんに言われて私、ずっと勉強ばかりしてたでしょ。もちろん勉強をすることは苦じゃなかった。進路を考えることだって誰かに任せた方が楽だと思ってたから、お母さんに大学に行くように言われてそれほど不満はなかった」

姉は、何でも少しやらせたらすぐにできる秀才タイプで、勉強もスポーツも何でもそつなくこなす。今の偏差値の高い高校に入学できたことだって、近所ではちょっとした噂になったこともある。

「だけど、前からやりたいなって思ってたことがあったの」

「それって……」

「うん、メイクなんだ。校則の範囲内でメイク楽しんでたんだけどね。最初の頃は、化粧品を集めるが楽しいって感じだったの。パッケージとか可愛いのが多いから。で、いざ動画を観ながら本格的にメイクしてみたら、あまりの楽しさに感動したの」

「感動？」

「自分じゃない誰かになれる気がするっていうか、すごく自信がつくっていうのかな。メイクしたら気持ちが前向きになる感じで、表情まで明るくなるみたいな。それからいろんな動画を観て真似てメイクするようになって。そしたらどんどん興味わいてきちゃって、メイクアップアーティストが活躍してる映画とかも観に行ったりしてたんだ」

姉はとても嬉《うれ》しそうに話し出す。こんな姿を見たのは、いつぶりだろう。

「そこまでお姉ちゃんが真剣だったなんて知らなかった」

私の言葉を聞いて、姉は軽く微笑んだ。

「今まではお母さんの言う通りにすることが当たり前だった。何も考えずに流された方が楽だったし、その方が利口だしむしろ私らしいと思ったから」

すごく納得する。私も、母を怒らせないようになるべく余計なことは言わないで、自分の思いや考え方には蓋《ふた》をしてきた。母の望む私になるために必死に自分を偽っていた。

けれど、それは自分を追い詰めることにしかならない。

「今まで何にも執着することなんてなかった。だけど、日に日に膨らむ思いに蓋をすることができなくなって。そのとき初めて諦《あきら》めたくないって思ったの」

そしてあの日の夜。両親に打ち明けた。それを私はドア越しに聞いていた。母は猛反対していたけれど、それでも姉の意志は固かった。

「だけど結局、お母さんは納得してくれなくて。その反対を押し切って今に至るって感じなんだけどね」

「諦めようとは思わないの？」

「思わないよ」

姉は、一瞬たりとも迷いのない声で答えた。

「だって私、お母さんのために生まれてきたわけじゃないもん。私が木下美晴として生まれてきたからには、私は私の人生を歩んでもいい。私にはその権利がある。だからやりたいことを諦める必要はないし、親だからって遠慮する必要もない。親の言う通りに生きる必要もない」

姉は私とは違って素直で真っ直ぐだ。母と衝突してもこれっぽっちも気にしていない。

「ねえ、柚葉聞いて」

姉は私の名前を呼んで、柔らかく微笑む。

「私たちは親に怯《おび》える必要はない。自分の思いを大切にすることに親からの許可もいらない。必要以上に縛られる必要もないし、この世界を自由に生きていいの。それがこの世界に生まれた私たちに与えられた権利」

力強く、だけど優しく諭すように告げられた言葉。

「自由に、生きていい……」

望んではいけないと思っていた。

木下柚葉として生まれたからには、今の宿命を全うしなければならないと思っていた。

「そうだよ。私たちは、誰かが用意した道を走る必要はない。自分で道を描いていい。自由なんだよ、世界は。一度きりの自分の人生、悔いなく生きよう。やりたいって思ったこと全部やってみようよ。自分たちの可能性は、無限大なんだから」

姉の言葉で、目の前がキラキラして見えた。輝いて見えた。

ずっと俯《うつむ》いてばかりだったら見えない景色ばかりで。だけど今は違う。私は今、未来へと続く扉が開いた瞬間を見た気がした。

「……いいのかな、自由になっても」

ポツリと言葉を漏らすと、「いいんだよ。柚葉」と姉が優しく寄り添って。

「もし柚葉の中に今、やりたいことが見つかってるなら私、それを応援したい」

——姉は、いつだって優しい姉のままだった。

「こんな私に言われてもって感じだし、今さら偉そうに言うなって思うかもしれない。でも今まで何もしてあげられなかった分、今度は力になってあげたい。だから、一緒に足掻《あが》いてみない？」

もしも、それが許されるのだとしたら、もう一度だけ夢を見たいと願った。

「……諦めたくない。私、足掻いてみたい」

母と向き合うことは、とても怖い。今考えただけでも震えが出そうだ。

だけど、怯えているだけじゃ何も変わらない。言葉にしないと伝わらない。

ずっと疎遠だった姉とは和解をすることができた。そこで姉がどんなふうに思っていたのか、自分が気づかなかった思いも知ることができた。


帰るとき、広瀬くんに、「今日はありがとう」とお礼を言って店を出た。そのとき見た彼の顔は、とても穏やかだった。私と姉の様子を見て、もう大丈夫だと思ったんだろう。


姉と一緒に並んで同じ家へ帰るとき、小学生の頃を思い出した。

おもむろに私は、鞄《かばん》の中からスマホを取り出す。歩くペースを落として姉より少し後ろに立ってレンズを向ける。すると、突然姉が振り返り、「ちょっと何してるの」と笑って手を伸ばす。私は、スマホを落とさないようによけてかわした。

結局写真を撮ることはできなかったけれど、その分たくさんの話をしながら帰った。

二人同時に帰って来た私たちを交互に見て少し困惑した母は、帰りが遅かったことを指摘するのを忘れていた。「行こ」と姉は私に声をかけて廊下を抜ける。もちろん姉が母と言葉を交わすことはなかった。

夕飯時、母にあとで話があると伝える。今じゃダメなのかと尋ねられたけれど、父もいる必要があったため、あとで話すねと言って部屋に戻る。

父が帰って来るまでの間、いつものようにノートを開くけれど、緊張してそれどころじゃなくなってノートを閉じた。

スマホを見て時間を確認する。時刻は十九時を少し過ぎたあたり。父が帰って来るのはそろそろだと思い、ドアを開けてそうっと一階を確認する。その直後、向かいのドアが開いて、「柚葉」と姉が心配そうに出てくる。話に同席しようかと言ってくれたが、これは私の問題だからと気持ちだけ受け取ることにした。

「ただいま」

一階から声がした。父の声だ。スリッパの音がして「おかえりなさい」と母の声がする。二人が揃った。

不安そうな顔でこちらを見る姉に、行ってくる、と言って私は階段を下りた。

リビングから二人の声が聞こえる。私は一度深呼吸をしてから、ドアを開けた。

「お父さん、お母さん、話があるの。今いいかな」

緊張して、少しだけ声が上擦った。

珍しく私が声をかけたから、父は困惑しているようだった。面と向かって話をするのも久しぶりに感じた。

「今から晩御飯なのよ。あとにしなさい」

母は、キッチンで父のご飯を準備していた。が、「いや、食べるのはあとでいい」と父が珍しく意思を示す。そして父は母に椅子に座るように促した。母は不満そうだったが渋々腰を据える。

「じ、実はね、二人に進路のことで話したいことがあって……私、やりたいことがあるの。だから、進路は自分で決めさせてほしい」

私が言ったあと、すぐに眉《まゆ》を顰《ひそ》めて、「何ですって？」と母の声に少し怒気がこもった。

「やりたいことがある？　あなたは今、自分が何を言っているか分かってるの」

「わ、分かってるよ」

「じゃあ何が分かっているというのよ。言ってみなさい」

母の声や眼差《まなざ》しがあまりにも鋭くて、「そ、それは……」と俯いてしまう。

目の前にいる母が怖くて怯えそうになる。

――『遠慮なんかする必要ない。自分の気持ちを全部ぶつけてくれればいい』

――『自分で道を描いていい。自由なんだよ、世界は』

不意に、広瀬くんと姉の言葉が頭に浮かぶ。

ここで逃げたら一生後悔する。私は変わるために今ここにいる。だから、自分の思いを全部言葉にしなきゃ。

「お母さんは、私を大学に行かせようとする。そのために勉強をさせて、塾にも通わせようとするでしょ」

「それはそうでしょ。当然じゃない。大学行くなら今から準備しておかなきゃ間に合わなくなるでしょ。だから私はそのサポートをしているのよ」

「……私は、大学に行きたいなんて言ってない。いい大学に行って、いいところに就職しなさい……そう言ったのは、お母さんだよ」

「何よ。それじゃあ私が悪いと言うの？」

「そうじゃない。ただ、それをもうやめたいって言ってるの」

「大学には行かないってこと？」

「行くとか行かないとかそういうことじゃなくて、自分で将来のことは決めたいの。考えたいの」

「考えてどうするのよ。自分の思い通りにいかなかったら美晴みたいに親の反対を押し切るつもり？」

今までは姉のことを言われても、ただ怒りを煽《あお》るだけの材料だった。それどころか姉の話は聞きたくなかった。

——だけど姉と話し合った今は違う。

「……お母さんたちがまともに話を聞いてくれなかったから、お姉ちゃんはそうするしかなかったんじゃないのかな」

鬼のような形相をする母に、震える声で言い返す。

「お姉ちゃんは、やりたいことがあってお母さんたちに相談したのに、それを許してくれなかったのはお母さんたちだよ」

「やりたいことって、勉強が嫌になって適当な理由述べただけで。ただ遊びたいだけじゃない。そんなの理由にならないわよ」

呆《あき》れたように母は、鼻で笑い飛ばす。

「お母さんは、お姉ちゃんの話最後まで聞いたの？」

「最後まで聞いたからそう思うのよ。メイクなんてただの遊びじゃない」

姉の話をほんとに最後まで聞いていたのなら分かるはずだ。姉がどれだけ真剣な思いで話をしたのか。だけど、母にとっては勉強以外は全て〝遊び〟になってしまうのかもしれない。

どれだけ必死に言葉を並べても、母に伝わることはない。

「話を聞いてくれたら私もお姉ちゃんも本気で進路について考えてるって分かるはずなのに、どうして全部頭ごなしに否定するの？」

私は、怒りと悲しみでいっぱいだった。そんな私に、「分かっていないのはあなたの方よ」と母が冷たい眼差しを向ける。

「やりたいことがあるから自由にさせてくれなんて、そんなくだらない理由で大学に行くのをやめるなんて許さないわよ！」

バンッと机を叩《たた》いて、母は立ち上がる。

「勉強をして大学に行けば将来が安泰だって間違いないって言ってるのに何で分からないのよ」

響き渡った大きな音に、私は完全に萎縮《いしゅく》してしまった。

「美晴も県内トップレベルの高校に通ってるのに、わざわざ専門学校に行くなんて言うし、柚葉まで大学に行かずに自由にさせてほしいなんて……私たち誰にも顔向けできないわよ」

うんざりしたようにため息をついて、母はソファに移動する。

「あなたからも何か言ってくださいよ」

母が父に応援を求める。父は寡黙な人だ。知ってはいたけれど、これほどまでに会話に参加しないところを見ると、父も反対なのかもしれない。

「……じゃあ聞くが柚葉は自由になって何をしたいんだ」

不意に父がそんなことを尋ねるから、私も母も戸惑って「え」と声が漏れる。

「ちょっとあなた、何を言ってるのよ。親としてここはダメだってしっかり言ってくださいよ！」

「一旦《いったん》、話を聞こうじゃないか」

「だけど、あなた……っ」

「いいからやめないか」

今まで無言を貫いていた父が、ようやく口を開いた。言いたい放題だった母は、父の言葉で静かになる。

「柚葉、続きを話しなさい」

「えっ、でも……」

私が母を気にする素振りを見せたら、「気にせず話してみなさい」と父は言う。

ちら、ともう一度母を見ると、ソファで不貞腐《ふてくさ》れている様子だった。この状況だと言いにくい。だけど、せっかくできたチャンスだから。

「勉強は大事だと思ってる。お母さんの言うことも分からないわけではない」

もちろん、いい大学を目指す重要性も理解している。こんな不景気の中、いい会社に就職できた方が将来困らないことも理解はできる。

「勉強も大事だけど、私やりたいことがあるの……カメラマンになりたいの」

「どうしてそう思うようになったんだ」

父は、ゆっくりと尋ねる。

「小さい頃、おばあちゃんに聞いたことがあるの。どうして写真を撮るようになったの？　って。そしたらおばあちゃん、みんなが幸せでいられるようにって答えたの」

私の言葉を父は黙って静かに聞いている。

「写真には思いが込められるんだよって言ってた。楽しい思いや幸せな思い、その一瞬の思いを残せる。あとになって見返したら、このときはこんなに楽しかったなぁって思い出せるよ、って、おばあちゃんいつも嬉《うれ》しそうに言ってた」

あの頃を思い浮かべながら、ゆっくりと言葉を紡ぐ。

「私に何度かカメラを触らせてくれて、そのときファインダーを覗《のぞ》いたことがあるの。今でもあの感動を覚えている。忘れたことなんてない。その頃からなんとなくカメラに興味持つようになって、おばあちゃんが見てきたものを知りたくなったの」

あの頃、七歳だった私には衝撃的だった。

おばあちゃんが撮る写真はいつも綺麗《きれい》で、命が吹き込まれている気がしたから。

「写真館で写真を撮るって、きっと何かの節目とか特別な日とかでしょ。自分のカメラを持つことができたら、私もおばあちゃんのようにたくさんの人を撮りたいの。人の幸せな瞬間に立ち会えることって、すごく素敵なことだと思うの。撮る側も撮られる側も、みんなが幸せになるってこんな幸せなことないと思うの」

私が思いを馳《は》せていると、「それは趣味でもできることじゃない」と母が不満を漏らす。

「うん、そうかもしれない。だけど、写真を撮ることを趣味だけにしたくないの。おばあちゃんのように特別な場所で幸せの瞬間を撮ってあげたいの。そのためには、もっと知識も必要だし勉強だってしなきゃいけない。特に専門的な知識が全然足りてない」

私の心に灯《とも》った火種は、もう消えることはない。冗談でこんなことは言わない。

「今までのようにお母さんの言う通り勉強をしてたら間違いないのかもしれない。でも私は、これ以上自分にがっかりしたくない。自分を見失いたくないし、自分の人生を無駄にしたくない。私は、私の人生を自分の足でちゃんと歩みたいの」

親は偉大だと思う。尊敬はしている。

だからといって、今までのように親の言う通りに生きていくことは違うと思う。

「専門学校なのか美大なのかまだ進路のことは分からないけど、まだ時間はあるから、これからしっかり調べていくつもり。遊びなんかじゃない。本気だよ」

今、全てを言わないと後悔してしまう。

私はもう、自分自身を諦《あきら》めたくなかった。

「もちろん失敗することだってあると思う。でも、失敗を経験したことによって得られるものもきっとあるはずだから。それに、努力したことは無駄にはならないと思う」

勉強だってそうだ。はじめは全く解けなかった問題でも予習復習を重ねればどんな問題でも解けるようになる。それと同じで、人は失敗を経て成長していく。それが人間というものだ。

「私、部活にも入ってみたいし、アルバイトだってしてみたい。もっとたくさんのことに挑戦してみたい。ちゃんと勉強も頑張る。成績だって落とさない……だから、私が夢を追うために努力することを許して下さい。お願いします！」

ぎゅっと拳《こぶし》を握りしめて、頭を下げた。

「私は、反対よ。どうせ勉強を手抜きしたいからそんなこと言ってるんでしょ」

ポツリと聞こえてきた母の声は、冷たく突き放すようなものだった。

――ああ、やっぱりダメなんだ。私に、変わることはできないんだ。

そう思って、諦めかけたそのときだった。

「父さんは、賛成だ」

父のそんな言葉が聞こえてきた。顔を上げると、真っ直ぐこちらを見ていた父の視線とぶつかった。

「ちょっとあなた。何を言ってるのよ。そんなことじゃ、あの子の二の舞になってしまうじゃない！」

母は、ソファから立ち上がり怖い顔をして父に詰め寄る。

「私は、反対よ。いい大学に行っていたら将来も安心なんだからそれでいいじゃない。これ以上私たちをガッカリさせないでちょうだい」

母は見たこともないくらい取り乱している。けれど、そんな母の目を父はじっと見つめて静かに言った。

「そうやって俺たち大人が子供を縛り付けたから、美晴は俺たちとの会話を断ったじゃないか。向き合うことをやめたじゃないか。同じ家に住んでるのに全然顔を見ることだってなくなっただろ」

「それはあの子が一方的に関係を断ったからでしょ。私たちはべつに悪くないわ」

「責任は、親である俺たちにもあるだろ」

「いいえ、ないわ。私は、何度も正しい道へ進めてきたじゃない。それなのにあの子が勝手なことをするから……」

父の言葉を何度も否定する母は、怒りでおかしくなっているのかもしれない。手がつけられそうにないほどに怖かった。

「美晴に続いて柚葉まで大学に行かないなんてなったらどうするのよ。私の立場も考えてくださいよ！」

「俺たち親の立場なんかよりも、子供がやりたがっていることを応援するのが親の役目じゃないのか」

寡黙な父がここまで感情をあらわにしている姿を見るのは初めてだった。

「それに美晴や柚葉だって、もう子供じゃない。ちゃんと自分たちで考えて行動できる大人だ」

「高校生はまだ子供じゃない。子供を親が正しい道へと進めるのが、親の務めでしょ」

「それが二人を苦しめてるんだ。いい加減気づきなさい」

戒めるような言葉をかけたあと、父が険しいような悲しいような表情を浮かべて。

「それともまた反対し続けて柚葉も美晴のようにさせるのか。同じ家に住んでるというのに、俺たち家族は一切会話もせず暮らしていくというのか」

そのひと言に今まで叫んでいた母の表情がわずかに変化した。

「そろそろ子供のやりたいようにさせてもいいんじゃないのか」

父は、穏やかに戒めるように告げる。

これは、両親と向き合うための話し合い。決して、喧嘩《けんか》をして仲違《なかたが》いをするためのものではない。

だから、私もちゃんと自分の言葉で伝えなくちゃいけない。

「お母さん、お願いします。私、自分の人生をちゃんと歩みたいの」

私は、椅子から立ち上がると母に向かって頭を下げた。

声が震える。身体がこわばる。

だけど、やめない。自分の未来を掴《つか》み取るために。

「誰かに決められた人生を歩むんじゃなくて、自分で決めた道を進みたい。もちろんカメラマンになるには、たくさん知識が必要だから勉強しなきゃいけない。今よりもっと苦労することもあるかもしれない」

困難な壁が立ちはだかるかもしれない。そのとき笑っていられるか分からない。

「だけど、大人になった私には笑っていてほしい。この道を選んでよかったって胸張って言える自分でいてほしい」

これ以上、後悔ばかりの毎日は過ごしたくない。

「だからどうか、お願いします……！」

伝わるように、納得してもらえるように、必死に訴える。

「そんなの理由って認めない」

ポツリと不貞腐れたように母は言った。

伝わってなかったんだ、そう思って落胆しかけたとき、「……でも」と母の小さな声が聞こえた。

「私たちに大見得切ったんだから、途中で投げ出さずに最後までやりなさい。それと、ちゃんと勉強だけはしなさい。勉強はどれだけやっても無駄じゃないから。それだけは守りなさい」

私たちに背を向けてソファに座る母が、冷静に言った。

「え、それって……」

認めてもらえたってことかな。そう思ってもいいのかな、と少しそわそわしていると、「柚葉」と父が私を呼んだ。

「母さんも父さんも、柚葉が自由に過ごすことは賛成だ。ただ、母さんの言ったように今の時代何があるか分からない。だから勉強だけはできるに越したことはない」

ちゃんと聞こえた。しっかりと〝賛成〟って言葉が聞こえた。

ようやく認めてもらえたことで安堵《あんど》して、全身から力が抜けそうだった。

「分かった。ちゃんと守る。それだけは守る……認めてくれて、ありがとう。ほんとに、ありがとう……！」

目頭が熱くなった。視界が滲《にじ》んだ。けれど、私は泣くのを堪《こら》えた。

泣いてしまったら、今まで我慢していたものが全部溢《あふ》れてきそうだったから。

「柚葉、今まで悩んでいたことに気づけずに済まなかった」

父は、申し訳なさそうに眉尻《まゆじり》を下げて謝る。

「家のことは母さんに任せてばかりで、子供の柚葉のことも気にかけてやれずに、一人で辛《つら》い思いをさせて、ほんとに悪かった」

「……お父さん」

「今までしてやれなかった分、これからはたくさんお前たちの話も聞いてやりたい。力になってあげたい。だからどうか、これからは隠さず、一人で抱え込まず、俺や母さんに話してほしい」

父が私たちの心配なんてしないと思っていた。父がここまで言ってくれると思っていなかった。だから、正直困惑した。どう受け止めたらいいんだろうって。それくらい家族の中で会話がなかったから。

でも、心のどこかでホッとしている自分もいた。

私たちのことを心配してくれた。子供のことに無関心ではなかったのだと、嬉《うれ》しかった。

「……うん、約束する」

私の言葉を聞いた父は、どこか安堵しているようだった。

その表情もまた、初めて見た気がした。

両親と話したあと、リビングを出て廊下に立ち尽くす。

まだ信じられなくて、ふわふわしているようだった。階段を上ると、「柚葉」と声をかけられる。立ち止まり顔を上げると、そこには私たちの様子を窺《うかが》っているような姉の姿があった。

「どうだった？」

〃――私たちに大見得切ったんだから、途中で投げ出さずに最後までやりなさい。それと、ちゃんと勉強だけはしなさい。勉強はどれだけやっても無駄じゃないから。それだけは守りなさい〃

母は、素直に承諾はしてくれなかった。遠回しの言葉を使っていたけれど、それでも認めてもらえたんだと実感すると、それだけで未来が光り輝いているように見えた。

「……うん、ちゃんと認めてもらえた」

そうしたら姉は、「そっか、よかったね」と目尻《めじり》に涙を浮かべながら微笑んだ。

私は一人じゃなかった。心強い味方がたくさんいた。それに気づいていなかっただけ。

これからは、もっと周りに目を向けよう。

視野を広げて未来を広げて、自分の好きなものを好きだと言えるように自分の気持ちを大切にしていきたい。

そしてすれ違わないようにちゃんと言葉で伝えていきたい。

＊＊＊

朝、学校に行くときにはすでに外は暑かった。鼻から吸い込んだ空気は夏の匂いがして少し嬉しくなった。見上げると、雲一つない青々とした空が広がっていた。

私の頬を撫《な》でるように通り過ぎる風。

「いい気持ち――」

今日はとても足取りが軽かった。

学校へ行けば、クラスメイトに何かいいことでもあったのかと尋ねられた。

けれど、理由は教えることができなくて「秘密」と濁すことにした。

お昼休みに、私は担任の先生のところへ行って入部届をもらった。部員は少ないが、一応学校には写真部がある。両親に認めてもらえたことで何の躊躇《ためら》いもなくなり、すぐに行動に移すことができた。私は、その日のうちに入部届を提出した。

放課後、HR《ホームルーム》が終わると私は真っ直ぐ喫茶店へ向かった。

「こんにちは！」

ドアを押して店内へ入ると、いつも以上に声が大きくて、カウンターにいた千枝子さんに驚かれた。すみません、と口元を覆って店内へ入ると、「柚葉ちゃん元気ねえ」と笑われた。

そういえば私、まだ雨の日のことを謝れていない、と思い出す。

「千枝子さん、この前はご迷惑おかけしてすみません」

小さく頭を下げると、「いいのよ、気にすることないわ」と朗らかな声が聞こえてくる。

「この前の柚葉ちゃん、様子がおかしかったから何かあったとは思うけど……今日は笑顔が素敵で安心したわ」

顔を上げると、千枝子さんの優しい笑顔が向けられて私は安堵した。

ここにもうひとり、私の味方がいたみたいだ。

「今日も紘に用事あるのよね。多分もうすぐ来ると思うけど……」

私が彼に用があると気づいた千枝子さんはそう言うが、タイミングよくガチャリとドアが開く音がして、「あら、噂をすれば来たわね」と千枝子さんは笑う。トントン、と階段を下りる音とともに現れた広瀬くんは、「うるせ」とすぐに悪態をつく。

「何もうるさいこと言ってないのに、うるせーとは何よ」

千枝子さんがバシッと広瀬くんの背中を叩《たた》くが、それでさえ嫌だったのか、彼はまた「うるせぇ」と眉間《みけん》にしわを寄せた。

「紘ったらねえ、口を開けばすぐうるせぇとか向こう行けとか私を邪魔者扱いするのよ。全く嫌になっちゃうわねぇ」

「べつに邪魔者扱いしてるんじゃねぇし。休憩行ってくればって言ってんの、意味ちげぇだろ」

「だったらもっと優しく言ってくれてもいいじゃない」

千枝子さんの不満が炸裂《さくれつ》したあと、広瀬くんが「……めんどくせぇ」と呟《つぶや》いた。それを聞いていた千枝子さんがまた「全くもう。そうやってすぐ逃げるんだから」とため息をつく。

——カランコロンッ。

「いらっしゃいませ。お好きな席にどうぞ」

お客さんが入ってくると、千枝子さんは接客に向かった。さっきまでの姿とは大違い。ビシッと背筋が伸びて、表情も柔らかくなる。

「ばあちゃん俺のときと態度変わりすぎだろ」

私は知っている。互いが互いを思いやっていることを。だからこそ、普段は素直になれずに思いとは裏腹なことを言ってしまう。そんな二人の様子が微笑ましくて、顔が緩んでしまう。

「何、笑ってんの」

そんな私を広瀬くんは、不満そうに見る。

「あ、いや……二人のやりとりがなんだか微笑ましくて……」

つい口からこぼれてしまうと、広瀬くんは「はあ?」と苦虫を嚙《か》み潰《つぶ》したような表情を浮かべる。千枝子さんと仲が良いと思われることが心底嫌そうだ。

広瀬くんの表情に私がまた笑うと、チッと舌打ちをする。だけどそれは怒っているというよりは、恥ずかしさを紛らわしているように見えた。

それから私は、いつものアイスコーヒーではなく、アイスカフェラテを注文する。先ほどまで不満げに舌打ちをしていた広瀬くんだったが、すぐに、「了解」と作業に取り掛かる。

一人でいる間、私はそわそわして落ち着かない。当然だ。両親と話したことを打ち明けようと思っているからだ。

しばらくしてお待たせ、とカウンター席に運ばれてくる。ひと口飲むと、ほのかに苦みが広がって、そのあとをふわっとミルクの優しい甘さが追いかける。

「で、俺に話あるんだろ」

「え」

不意に告げられて、困惑する。そんな私を見て彼は、「態度でバレバレだっつーの」と笑った。

自分ではいつも通りにしているつもりなのに、そんなに今日違うのかな私。

「えっと、一応ご報告を……」

改まって話をするのは何だか照れくさくなった。

「昨日、広瀬くんも見てたと思うけど、お姉ちゃんとちゃんと話せました。私の思ってたことも全部ぶつけられたと思う」

　すると、彼は「そうか」と穏やかに微笑んだ。

「今までちゃんと言葉を交わさなかったから私たちすれ違ってたんだなって気づけて。だから、話せてよかった」

　広瀬くんは、私の言葉にゆっくりと相槌《あいづち》を打ってくれる。

「それでね、あのあと家に帰ってお母さんたちとも話したよ。すごく緊張したし、お母さんも怖かったからもう無理かもって諦《あきら》めそうになったけどね……」

　──諦めかけた、そのとき広瀬くんや姉の言葉を思い出し背中を押してもらった。

　諦めずに言葉を伝え続けると、父が口を開いた。

「ずっと黙ってたお父さんが味方になってくれたの。お父さん、仕事ばかりで私たちのことに関心ないのかなってちょっと心配だったから驚いたけど、嬉《うれ》しかった」

「へえ、そうだったんだな」

「うん。でも、お母さんは頑固っていうか言葉が遠回しすぎだったけど……一応認めてもらえたからよかったのかな」

　母は、素直に〝いいよ〟とは言ってくれなかった。あの頑固で怖い母だ。仕方がない。

「よかったな、認めてもらえて」

「うん、ほんとに」

父があんなことを言うなんて想像もしていなくてすごく驚いた。認識が変わった、とまで言えるかどうかはまだ不透明だけれど、それでも確かに存在したのは〝子供を思う親の気持ち〟だった。それを私は、昨日肌で感じ取った。

「広瀬くんに言われて気づいたよ。言葉ってすごく大事なんだなぁって。それがあるから相手に気持ちを伝えることができるし、それがあるから会話が成り立つ。あまりにも当たり前すぎて言葉の重要性、忘れかけてた」

近い未来、私たちが言葉を必要としなくなる時代がやってくるかもしれない。カメラ付きの小型機器があれば、指先ひとつで文字を打ち込むことができて、相手に気持ちを伝えることができる。意思表示ができる。それだけで会話が成立する。

だけど、そんな時代でも最も重要なのは声で紡ぐ〝言葉〟、〝対話〟だ。

「当たり前すぎて忘れかけるのは、仕方ない。もうずっと昔から人は言葉を使ってきたんだから」

「いつから言葉ってあるんだろうね」

「さぁな。それは俺にも分かんねぇ」

目を伏せて微笑んだあと、「でも――」と広瀬くんが言葉を続ける。

「大切な人が明日《あした》も隣にいるとは限らない。だからこそ、後悔しないために言葉を伝えていきたいよな」

きっとそれは、ご両親がいない広瀬くんにしか言えない言葉。心のどこかで広瀬くんは両親に対して〝後悔〟があるのだろうか。そんなふうに感じ取った。

「そうやって考えてみると、言葉ってとても素敵なものに思えてくるね」

いつか広瀬くんの苦しみを分け与えてもらえるときが来たならば、そのときは力になりたいと思った。

「広瀬くんがそばにいてくれて、よかった。ほんとに、ありがとう。広瀬くんのおかげ」

そうしたら、彼は「それは違う」と反論する。

「思いが伝わったのは、木下が伝えることを諦めなかったおかげ。一歩踏み出した木下の勇気のおかげだろ。これからは自分の好きなことたくさんできる。今まで我慢してた分、思い切り楽しめばいい」

言葉に思いがのって伝わってくる。とにかく優しさがいっぱい込められているような気がした。

「広瀬くん、ほんとにありがとう」

私が頑張ったおかげだと言うけれど、それでも彼に感謝せずにはいられなかった。

――ピコンッ。

不意にカウンター席の机の上に置いていたスマホが鳴り、私はそれに手を伸ばす。

【柚葉もう家？　私、まだあと一限あって学校なんだけど……今度またあの喫茶店に行こうね。あの子の話聞きたいし】

送り主は、姉だった。進学校は授業の多さが段違い。大変そう、そのはずなのに〝あの子の話聞きたいし〟のあとにあるキラキラ目が輝いている絵文字を見て思わず笑ってしまう。

「やけに嬉しそうな顔してんな」

不意に声をかけられて「え？」と顔を上げる。

「すげぇ顔緩んでたけど」

「あ、お姉ちゃんから連絡来たの。今日はまだあと一限あるみたいなんだけど……」

ピコンッと、もう一通メッセージが届く。

【もしかして柚葉の彼氏だったりする？】

ガタッと椅子から立ち上がる。

「違う違う！」

「どうかした？」

「あ、えーっと……お姉ちゃんがまたここの喫茶店に行きたいって」

「おーそうなんだ。じゃあいつでも来れば。俺は歓迎するし」

「あ、ありがとう。お姉ちゃんに伝えとくね」

お姉ちゃん、何を送ってくるかと思えば……もう、びっくりしたなぁ。

これ以上、動揺したくなかったからマナーモードにして、スマホをカウンター席の机の上に置いた。

「そういえば、似てたよな。二人」

「え、私とお姉ちゃんが？」

「雰囲気はちょっと違ったけど、目とか声とか」

「そうかなぁ。自分ではそう思ったことないけど、やっぱり姉妹だから少しは似るのかな」

いつだって姉は頼りになって優しくて、そんな姉のようになりたかった。だから姉と似ていると言われると、少し嬉しく思った。

そんな姉は、まだ両親とは少し距離がある。勝手に進路を変更した姉のことを母はまだよく思っていない。きっと母から折れることはないと思う。だけどそれは姉も同じだ。

「私もお姉ちゃんの力になりたいな」

私の言葉に、「力？」と広瀬くんは首を傾げる。

「あ、実はね、まだお姉ちゃんとお母さんが微妙な関係であまり口利かないの。お母さんは多分自分から謝ることしないと思うし、お姉ちゃんだって……」

母と姉はそういうところでは、似ているのかもしれない。

「だったら今度は木下が家族を繋《つな》ぐ存在になればいいんじゃねぇの」

「……えっ、私が？」

「姉ちゃんとも両親とも話し合えたのは木下だけ。木下だけが、どちらとも繋がりがある」

「それは、そうだけど……私にできるのかな」

私が家族を繋ぐ存在にほんとになれるだろうか。今まで、みんなのこと嫌いだと疎んでいたのに。

「できると思う。少なくとも俺はそう思ってる」

いつだって彼は、私を肯定してくれる。味方でいてくれる。勇気をくれる。そんな彼の言葉にいつも私は背中を押されているんだ。

＊＊＊

写真部は、週に三回放課後に部活がある。初日は備品のカメラを貸してもらった。慣れるために校内で何枚も写真を撮る。おばあちゃんとの懐かしい思い出が蘇《よみがえ》り、胸が熱くなった。

　部活がない日は、専門学校や美大のパンフレットを見たりホームページを見たり、いつオープンキャンパスがあるかなど情報を調べたり、忙しくしていた。

　その日の夜。美大などの資料を読んでいると、ドアの向こうからノックする音が響く。私はそうっと立ち上がりドアに近づくと、父と姉の声が聞こえた。

「突然悪いな。美晴とはまだ話ができていなかったと思って……あのときは、美晴の言葉をしっかり聞いてやることもせず、力にもなってやれずにすまなかった。今からでも遅くないのなら、美晴の話を聞いてやりたい。もちろん、美晴の気持ちが落ち着いてからでも構わない」

　父が一方的に姉に話しかけているようだった。姉の様子が気になった私は、恐る恐るドアを開ける。

　すると、姉が私に気が付いた。姉の視線で遅れて気が付いた父と今度は目が合った。少しだけ困ったような顔をしたあと、「ちょうどいい。二人とも聞いてくれ」と父は私たち二人に言った。

「今まで本当に済まなかった。これからは二人の話をしっかり聞けるように家族の時間を増やそうと思う。信じられないかもしれないが、本気だぞ。嘘じゃない」

　父は、わずかだが口元を緩めて笑った。

その言葉に嘘がないことは、ちゃんと伝わった。

「それとな、母さんのことなんだが……母さんも口ではああ言ってるが、なかなか素直になれないだけなんだ。お前たち子供のことをちゃんと考えている。それだけはどうか分かってくれ」

父は申し訳なさそうな顔で微笑んだあと、私たちの言葉を待たずに階段を下りて行った。

私と姉は、しばらく父の後ろ姿を見つめていた。

今までは、こんな兆しまずなかった。みんなバラバラだったから会話もなかったし、誰も歩み寄ろうとはしなかった。

だけど、少しずつ変化しているんだ。いい方向に。

だからきっと、姉の気持ちも。

それから数日が過ぎた、ある日の休日。喉《のど》が渇き一階へ飲料水を取りに下りると、キッチンで料理をしている母に気がついた。あれからまだ母と姉が会話をしている姿を見たことがない。

リビングには入らずに、母に気づかれないようにまた二階に上がると、自分の部屋ではなく向かいにある姉の部屋のドアに二度ノックをする。はーい、とくぐもった声が聞こえたあと、「柚葉？」と問いかけながらドアが開かれる。

「あのさっ、お姉ちゃん、一緒にお昼ご飯食べない？」

自分から声をかけるなんて今までの私ならあり得なかった。でも今は違う。ちゃんとお互いの気持ちを伝え合って、分かり合うことができた。少しずつだけど、私たちは家族に戻っている気がする。

「急にどうしたの」

「たまにはどうかなぁと思って……」

私がそう答えると、一瞬考え込む姉だったが、「食べようか」と答えてくれた。

一階に下りてリビング前の廊下で姉が立ち止まる。

母が料理をする音が聞こえてくる。

はつらつとして裏表のない素直な姉は、自分がやりたいと思ったものを堂々と母に伝えて、どれだけ母に反対されても自分の思いを通した。そんな強さがあるけれど、扉一枚を隔てた向こう側に行く勇気が出ないようだ。

「柚葉、悪いけど私……」

姉はすぐに表情を変える。

「お姉ちゃん、待って」

背を向けて逃げようとする姉の手を摑《つか》んだ。

「余計なことかもしれないけど……私にはこれくらいしかできないから」

そのままキッチンへ向かった。私だってまだ完全に母と打ち解けているわけではない。だけど、このままじゃいけないということだけは分かっている。

「お、お母さんっ、私も手伝うよ」

自分の声が上擦った。恥ずかしいって思った。

けれど、今はそんなの関係ない。

顔を上げて私たちに気づいた母の顔は曇りだし、「べつにいいわよ」とまた下を向き料理を続ける。

今は、絡まりすぎた糸を解《ほど》いて、一本ずつ正しく結び直している最中だ。私もまだ手探りで家族という関係を修復しようとしている。すぐ元通り、というわけにはいかない。

「私たち、何すればいい？」

おずおずと母に尋ねる。

母はすぐには言葉が出ないようだったが、「……パスタにソースを絡めたらできるから」とフライパンに目を向けたまま答える。

「すぐできるみたいだからお皿用意しよう」

私は姉に声をかけると、姉は渋々頷《うなず》いた。

いつも頼りになる姉は、母の前だと少しだけ弱虫になってしまうみたいだった。

その姿は、少し前の自分と重なって見えた。

お皿に盛りつけると、三人で昼食を食べた。会話はない。黙々とパスタを食べた。

居心地はとてもいいものとは言えない。だけど、これが今私たちにできる家族らしい形だった。

母は、十三時から用事があるからと私たちよりも少し早めに食べ終えて外出していった。

「……パスタの味が全然分からなかった」

片づけをしながら、不意に姉がポツリと漏らす。

「実は私も……でも、久しぶりに三人で食べたね」

私の言葉に姉はわずかに微笑んで、小さく頷いた。

「……ありがとう」

「え？」

「私一人だとこうやって一緒に食べることとしなかったから。それに自分から歩み寄ることもできなかったと思う」

姉は目を伏せて、少し照れくさそうに言った。

「私だってそうだよ。一人じゃ何もできない。でも、今はお姉ちゃんも一緒だったから……だから大丈夫かなって思ったの」

私たち家族はみんな、どうやって接したらいいのかまだ分かっていないだけ。それさえ分かれば少しずつ会話も増えるはずだ。

片付けを終えてキッチンを出ると、おもむろにリビングを見回した。すると、そこが殺風景なことに気づく。普通の家ならあるはずのものがどこにもなかった。

「そういえば、この家って家族写真がないよね」

私が思っていたことを姉が言うから、少し驚いて固まる。

「柚葉、どうしたの？」

「実は私も今、同じこと思って……」

今までは気にしたことなんてなかったから目につくこともなかった。それがおかしいと思ったこともなかったし、当たり前だった。多分、ここ数年撮影すらしていない。

「何かさ、寂しい気もするよね。普通家族写真ってどこの家庭にもあるでしょ。写真って思い出を切り取るとか聞くし。でもここにはない。それってなんかこの家には思い出が全然ないみたいだよね……まあ実際、思い出なんかないのかもしれないけど」

そう言って笑った姉の横顔は、悲しそうに見えた。

ほんとはきっと姉もどうしたいのか分かっているのかもしれない。だけど、素直になれなくて無理に明るく振る舞っている。

──『木下が家族を繋《つな》ぐ存在になればいいんじゃねぇの』

広瀬くんの言葉を思い出す。

家族の絆《きずな》を繋ぎ戻すために、私にもできることがある。

「──あ、そうだ。柚葉、今から時間ある？」

突拍子もなく姉が告げるから、「え」と弾《はじ》かれたように声を漏らす。

「時間あるなら少しメイクの練習台になってほしいの。実践した方が覚えやすいし」

「それって私が犠牲になるってこと？」

「犠牲だなんてひどいなぁ。ちゃんと可愛くメイクしてあげるって！」

「いや、だけど……」

元々裏表のない姉は、素直で自分の思いはしっかりと相手に伝える人だ。しかも人よりも行動力がある。そんな姉に捕まってしまったら、拒否するのは難しい。

「いいじゃん、お願い。少しだけ！」

言いくるめられ、姉の部屋にすぐさま連行されてしまった。姉のテーブルの上にはたくさんのメイク道具が置かれている。

「三十分じっとしててね」

「えっ、そんなにかかるの?!」

楽しそうな姉に、嫌がる私。少し前まではそんなの考えられなかった。だけど、少しずつ私たちは変われている。きっと、大丈夫。家族みんな仲良くなれる。

——私にできることは、家族写真を撮ること。

なければ作ればいい。思い出を今から上書きしていけばいい。いつか私が買ったカメラで、私が家族写真を撮ればいい。そしてそれをリビングに飾ればいい。私が撮る記念写真第一号。どんどん想像が膨らんでいって、気分が上昇してきた私は無意識に少し動いてしまう。そんな私を、「あっ、動かないで！」と姉が制止したのは言うまでもなかった。

＊＊＊

「それでね、お姉ちゃんてばひどいんだよ。私を練習台にして三十分もメイクしてたの。おかげで私、足が痺《しび》れちゃって……」

休日、喫茶店で広瀬くんに話を聞いてもらう日々。

「立ち上がることもできなくて、その痺れと戦ってたの。しばらくメイクはいいかなぁ」

私の話を聞いて、広瀬くんは、フッとわずかに笑みを漏らす。

「も、もう、笑わないでよ。こっちは大変だったんだから……」

「今のはバカにしたわけじゃなくて、姉ちゃんとすげぇ仲良いなと思って」

「……自分でも驚いてるの。まさかここまで元に戻れるなんて思ってなかったから」

まだ姉と話をして二週間くらいしか経っていない。あれだけ話せていなくて距離を取っていたとは思えないほどに関係は修復できつつあった。

「それだけ元々二人が仲良かったってことだろうな。よかったな、また話せるようになって」

広瀬くんの声を聞いていると安心して、思わず笑みが漏れる。広瀬くんのそばにいると自分らしくいられる気がした。どうしてだろう、と不思議に思っていると、「ちょっと待っとけ」と言って、広瀬くんはカウンターの奥へ向かう。

私の元へやってきた広瀬くんは、トレーに何かを載せていた。そして私の前に置いたそれの上には、淡いピンク色のケーキがあった。

「これは？」

と私が尋ねると、「作った」と彼は答える。

「え、これを広瀬くんが作ったの？」

白いお皿に映えるような、淡いピンク色をしたケーキ。高校生が作ったとは思えないほどに綺麗《きれい》に整えられていて、思わず彼を見つめる。

「すごいね。広瀬くん、コーヒーだけじゃなくてケーキも作れるんだね。これ、女の子が好きそうだし人気出るよ、きっと」

「べつに店に出すわけじゃない」

「そうなの？」

せっかくこんなにおいしそうなのにもったいない、そう思っていると、「それ木下に」と言われ、私は困惑する。

「木下、すげぇ頑張ったじゃん。だから、なんか俺もしてやりたくなったっつーか、頑張ってる木下の姿見てたら身体動いたっつーか……」

「じゃあ、これ私のために？」

「……そういうことに、なるよな」

広瀬くんは鼻先をかいて、顔を逸《そ》らした。

……そうなんだ。私のために。

彼が作ってくれたケーキは、遅れてやってきた誕生日プレゼントみたいで。

「嬉《うれ》しい、ありがとう」

彼の優しさが伝わってきて、胸がぎゅっと熱くなる。

食べる前にたくさん写真を撮った。広瀬くんに呆《あき》れられるほどに。そのあとにひと口食べると、優しいベリーの甘さが広がって、とても幸せだった。

おいしい、と私が言うと、よかった、と広瀬くんは少し照れくさそうに安堵《あんど》する。

その姿を撮りたくなって、思わずスマホを向けた。

「おいっ、何撮ってるんだよ」

「今の……広瀬くんの表情がよかったから、つい」

「ついってなんだよ。勝手に撮んな。消せ」

「い、嫌だ……」

スマホを取ろうと広瀬くんは手を伸ばすが、私はそれを阻止する。

その瞬間でさえも楽しくて幸せで。広瀬くんといると安心して、広瀬くんといる空間が居心地よくて自然と笑みが溢《あふ》れる。心がじんわりと温かくなって、その一瞬を大切にしたくなる。

「──あなたたち楽しそうね」

不意に声をかけられて、顔を向けるとカウンターのそばには、いつのまにか千枝子さんがいた。

「柚葉ちゃん、いらっしゃい」

私の顔を見てニコリと微笑む千枝子さんに私は、軽く会釈をする。

「……ばあちゃん、いつからいたんだよ」

すると、広瀬くんの表情と声が曇る。というよりはわずかに驚いているようにさえ見えた。

「いつって、数分前。紘と柚葉ちゃんが仲良さそうに何か話し込んでたからそうっとしておいたのよ」

私の隣の席に腰掛けながら、うふふ、と微笑むと、「盗み聞きかよ」と広瀬くんはうんざりした表情を浮かべる。

「それにしてもあなたたち二人、前よりも仲良くなったように見えるわね」

千枝子さんは彼の様子にはお構いなしに話を続ける。一方で広瀬くんも淡々と作業をこなしている。

——すると、突然。

「もしかして恋人同士だったりするの？」

私たちを交互に見つめた千枝子さん。

その言葉に、「は？」「え？」と私と広瀬くんの声が重なった。

「いやだってねえ、前はもっと距離があったし険悪なときもあったじゃない。でも、今ではすっかりそれもなくなって、私が入るのを躊躇《ためら》ってしまうくらい仲良くなってる感じがするから、どうなのかなって」

千枝子さんの言葉に、「いや、あの……」と何度か話そうとするけれどすぐにタイミングを失ってしまう。

「どうもなってねぇよ」

広瀬くんは一度は動揺したものの、すぐに気を取り直し、いつものように文句を返す。すると、今度は千枝子さんが、「あら、それは残念だわ」と項垂《うなだ》れる仕草をした。

「こんなに優しい柚葉ちゃんが紘のお嫁さんに来てくれたら、私も嬉しいし楽しいし。なにより紘のことを理解してくれる柚葉ちゃんがいてくれたら将来安心なのに」

千枝子さんは、とんでもない爆弾発言をしたあと、「私ねえ、柚葉ちゃんなら大歓迎よ！」と私を見て微笑んだ。

「えっと、あの……」

困惑して何て返すべきか迷っていると、カランコロンッとドアの音が鳴った。

「いらっしゃいませ」

千枝子さんはあいさつをしたあと、私にコソッと、「いつでも相談に乗るからね！」とウインクをして、お客さんの元へ向かった。

嵐が過ぎ去ったあとのような、束《つか》の間の休息がやってくる。

「な、なんか、悪かったな」

いつもより広瀬くんの声が、小さく聞こえる。

私はおずおずと顔を上げると、彼の顔は少し赤く染まって見えた。

「ばあちゃん、勝手に誤解して変なこと言って……木下に嫌な思いさせたよな」

「あ、ううん。それは大丈夫」

「そ、そうか」

「う、うん……」

ぎこちない空気に、ぎこちない会話。

千枝子さんの言葉は驚いたけれど、嫌だとかそういうことはなかった。

「まだばあちゃん誤解してるみたいだし、あとでちゃんと俺から違うって訂正しとくし」

広瀬くんが、そんなことを言った。

私は、その言葉に小さく返事をしたあと、慌ててアイスカフェラテをゴクリと喉《のど》の奥に流し込み、氷だけが入ったグラスで頬を冷やす。

――だって頬が火照って、熱かったから。

最終章　大切なもの

両親と姉と話すことができたあの日以来、私は忙しい日々を送っていた。ずっと見えなかった視界がクリアになって、はっきりと遠くまで見渡せる。これから私の生活はどんどん良いことが起きていく気がしていた。

——そんなある日の休み時間。事件は思いもよらぬ形で私の前に現れた。

「ねえねえ、木下さんこれ見た⁈」

クラスメイトの一人が慌てたように私の元へ駆け寄った。ひどく取り乱した様子で、

「これ見て！」とスマホ画面を私に向ける。

「え、なに、これ……」

そこに書かれてある文字を見て私は驚愕《きょうがく》した。

『広瀬紘は、過去に暴力事件を起こしたことのある人間』

そこには、数人の生徒が映っており、一人の男子がもう一人の男子に殴りかかる。

その瞬間、「大丈夫か?!」などと呼びかける複数の声と悲鳴が聞こえる映像が映し出されていた。

私は、その映像から目を離すことができなかった。動画は、何度も何度も繰り返し再生される。周りはぼかされていてどこで撮られたのか分からないが、学ランを着た男子とクリーム色の建物が見える。恐らく中学校だろうと推測される。

「一時間前に投稿されてるみたい。詳しくは分からないけど、私の友だちが拡散して て、突然タイムラインに流れてきたからびっくりした」

スマホの持ち主の彼女は、そう答える。

「タイムラインで流れてきたの?」

「うん、私、他校の人もフォローしてるからそれで流れてきたのかも」

私は、不鮮明な動画をもう一度見た。

「これって、ほんとに広瀬くんなのかな」

「分かんない。でも似てる感じあるよね。少し幼いっていうか、中学時代とか?」

確かに私は、本人から過去の話を聞いた。本人も殴ってしまったことを認めていた。けれど、それは、いじめを受けていた友だちを見ていて耐えきれず取ってしまった行動だった。もちろん人を殴ることはいけない。だけど、彼だけが悪いわけじゃない。からかっていた加害者たちにも責任はある。それなのに、この動画では全て広瀬くんが悪いと一方的に書いてある。

「ねえ、それ何見てるの？」

スマホを見て話し込んでいた私たちに、不思議そうに尋ねるクラスメイト。私の隣にいた女子が「これ」と私にしたようにスマホを見せる。そこに書かれている内容と動画を見て、「え、なにこれ」と困惑する。つい数分前の自分の姿と重なって見えた。そしてまた、「タイムラインで流れてきたの」という説明をし始めた女子。

「学ランっぽいの着てるから中学生だと思う。幼く見えるけどこれ広瀬くんだよね？」

「名前が同じ人ってなかなかいないもんね。多分そうかも、顔似てるし」

動画を見たクラスメイトが女子の言葉に納得する。

フルネームを勝手に晒《さら》すなんてひどすぎる。投稿者が誰なのか分からないけれど、この動画には悪意を感じる。悪意しか感じない。

「てことはやっぱり広瀬くんって……」

「ガッツリ殴った動画が残ってるわけだし、さすがに言い逃れできないでしょ」

日本中探せば同姓同名の人はいる。だけど、名前と書かれている内容が一致しているのはそうそういないのかもしれない。それでも広瀬くんだけを悪者扱いしてほしくない。

「他人の空似だったりしないのかな」

──あの日の喫茶店での会話は、二人だけの秘密だ。

私が、勝手に広瀬くんの過去の真相を話すことはできない。もし仮に話したとしても信じてもらえないと彼は言った。確かにこの状況では信じてもらえない可能性の方が高い。

それでもどうにかして話題の火を消したくてしかたなかった。

「木下さん、何言ってるの。ここに広瀬紘ってちゃんと書いてあるじゃん」

「そうだけど、同姓同名の人って日本に結構いるみたいだし」

「そうだとしてもさ、顔まで似てる人ってそうそう見つからないよ。だってここに顔がはっきりと映ってるじゃん。これ、間違いなく広瀬くんだよ」

誰も私の話を真剣には聞いてくれない。どうにかしてこの話題を無くそうと、別の返しを必死に考えようとしていた矢先、「みんな大変！」と教室に駆け込んで来た一人の女子の声によって、その場にいたクラスメイトは一斉に顔を上げた。何だ何だと彼女の元へ集まる。

「この動画観た？　やばくない⁈」

彼女を囲むように集まると、「これ俺も見たよ」「私も」とけらけらと笑いだす。どうやら、みんなが今まで見ていた動画と同じものだったらしい。彼女は「なんだー」とどこかがっかりしている様子さえ見受けられた。

「だけどこれ、すごいよな。何度見てもやばい」

「だよね。これ、いつの広瀬くんなんだろう」

いつもよりやけに高いテンションで、みんなは話し続ける。なにがそんなにおもしろいのか全く分からない。どうやってみんなを止めたらいいのか、と考えている間にも、「友達に知らせよ」とスマホを取り出すクラスメイト。

「やっぱりそうだと思った。広瀬くんって見た目怖いもんね」

「そうそう。なんかやらかしてるって顔してるもん」

「俺もそれ思った。あいつすぐキレるし」

広瀬くんのことをよく知りもしないのに、彼のことを悪く言う。今まで怖くて何も言えなかったのに味方ができると彼らの口は饒舌《じょうぜつ》になる。

見た目が怖いというだけで怯《おび》えていたクラスメイト。実際私もそのうちの一人だった。

だけど、広瀬くんのことを知っている今、彼のことを怖いとは思わない。むしろ心の優しい人だと思っている。

「広瀬くんって怒ったらすぐ手が出る人なんだね」

「じゃあ俺たちもいつか殴られるかもな」

「こわー」

広瀬くんが教室にいないのをいいことに好き放題言っている。

楽しいことなんてなにもない。それなのにクラスメイトの表情は秘密を共有できた仲間のように、わずかに笑みを漏らす人も見えた。

「あのさみんな、その情報誰かがデタラメを書き込んだだけかもしれないし、広めるのはよくないんじゃないかな」

私は、必死に止めようと思って近くにいた女子に声をかける。すると、「それはないない」と呆《あき》れたように笑って否定される。

「名前も載ってるし動画までアップされてるんだから、デタラメってことはないでしょ」

私の言葉を真剣に聞いてくれる人はいない。みんな、軽く聞き流す程度だ。

「ねえねえ、私気づいちゃったんだけど。これよく見ると、白薗《しらその》中の制服じゃん」

彼女がつぶやくと、クラスメイトはさらに「ほんとだ」「新情報！」と宝探しのように目を輝かせる。

「火のないところに……なんだっけ？」

「煙は立たない」

「そうそう、それ。動画がある以上、それが確実な証拠になるし」

まるで水を得た魚のように彼らは次々としゃべりだす。

こんな話題を大きな声で話していたらすぐ広瀬くんの耳にも入ってしまうかもしれない。これ以上、彼に傷ついてほしくない。これ以上、過去に縛られてほしくない。

「あのさ、みんなっ」

私はどうにかしてそれを止めたかった。だけど一人で立ち向かうのは不安で、俯《うつむ》きながら立ち上がる。

すると、突然教室が静まり返った。私の声がみんなに届いたのかと思い、恐る恐る顔を上げる。だが、そうではなかった。

「そこ、邪魔」

みんなを静まらせたのは広瀬くんだった。

「通れねぇんだけど」

広瀬くんの声に、彼らは分かりやすく動揺して、「え、あ……」と表情を青ざめさせる。動揺した一人の男子のスマホがゆっくりと手から滑り落ち、ガシャンと音を立てて転がり、広瀬くんの足元で止まった。男子は、「あ……」と手を伸ばすが、それよりも先に広瀬くんが拾った。彼の視線はスマホの中に釘付《くぎづ》けになる。

周りがざわつき出して、「どうすんの、やばいじゃん」とこぼし始める。さすがにまずいと思ったのか男子は、「それ返せよ」と手を伸ばす。広瀬くんは顔を上げて、目の前にいた男子を睨《にら》むように見つめた。

「な、なんだよ……」

動揺する彼に、広瀬くんはスマホを返すと、彼らの輪の中を通り過ぎる。それが奇妙に思えたのか、「おい、何とか言えよ……」とスマホを落とした彼が声をかける。けれど、広瀬くんが答えることはなく、黙ったまま席へと戻る。教室には気まずい空気が漂った。みんな広瀬くんとスマホを交互に見つめながらひそひそと話す。しばらくして本鈴が鳴り、戸を開けて先生が入って来た。固まる生徒にどうしたと尋ねるが、誰も答えることはなく席に戻っていく。

そのあとの休み時間、広瀬くんはいつも以上に早く教室を出た。ひそひそと自分の噂をたてられていたら居心地が悪くなるのは当然だ。広瀬くんの顔はいつも以上に険しく見えた。そんなことはお構いなしに、クラスメイトはスマホを見ながら彼の噂をしていた。

私は思った。さっきの休み時間、広瀬くんがスマホを見たあのときの表情は、怒っていたのではなく、悲しんでいたのではないかと。どれだけ時が過ぎようとも、過去のことが一生付き纏《まと》うことに、全てを諦《あきら》めたような目をしていた気がした。

休み時間は終わり、本鈴が鳴る。授業が始まるが、広瀬くんの姿はなかった。先生が「広瀬はどこだ?」とみんなに尋ねるが、みな知らないと答えた。すべてを見ていた私も何も言えなかった。その日、入学以来初めて広瀬くんが授業を欠席した。私は心配でならなかった。

　放課後、私は急いで喫茶店へ向かった。ドアを開けると、いつもと変わらない姿でそこには広瀬くんがいた。その姿を見て、ホッとした私は身体から少し力が抜ける。彼はドアを開けたまま立ち止まる私を一瞥《いちべつ》し、「入れば」と言った。

　いつも座っているカウンター席に腰掛ける。

　聞きたいことはあるけれど、まずは気持ちを落ち着かせるために、アイスコーヒーを注文した。

「広瀬くん、あのSNSの話なんだけど……」

　触れられたくないかもしれないと思いながら、おずおずと尋ねる。

「誰かのイタズラだろ。気にする必要ねぇよ」

「イタズラにしては、度が過ぎるよ。名前だって晒《さら》されてるわけだし……」

　広瀬くんはいつも通りに見える。けれど、あんな投稿を見てしまったあとで普通ではいられないはず。ほんとは腸《はらわた》が煮え繰り返るくらい怒っているかもしれない。

「何とかしてあの投稿削除できないのかな」

「べつに実害が出たわけじゃねぇし」

「傷ついてる人がいるってことはもう実害に当たるよ。勝手に実名晒すなんてひどいよ」

私の方が怒りを表に出すと、広瀬くんは「俺はべつに傷ついてなんかねぇよ」と静かに言葉を落とした。

それは、まるで全てを受け入れる覚悟だと言わんばかりの表情だった。

「それに、ネットの中にはたくさんの情報が飛び交ってる。すぐにほかの情報に埋もれてあんなの消えるだろ」

「だけど、広瀬くん……」

「俺はそんな弱くねぇって。心配すんな」

広瀬くんが自分の過去の過ちを受け入れるとしても、こんなに一部を切り取った現実が広がってしまったら、この先広瀬くんを勘違いする人はもっと増える。過去のときのように、広瀬くんだけを責める人が増えてしまう。

「……私、納得いかない」

悔しくて、手のひらをぎゅっと握りしめる。

「こんなの許せない。悪意を感じる」

なぜ、SNSで晒す必要があったのか。誰がなんの理由があってこんなことをするのか。

「ちゃんと捜査してもらった方がいいんじゃない？」

私がそう言うと、広瀬くんは首を横に振る。

「どうして……だって広瀬くんだって悔しいでしょ！」

「だけど、それが事実だから。人を殴ったことに変わりはない」

「そうは言ってもこれじゃあ広瀬くんだけが悪者に見えるよ」

「実際俺は悪者だよ。先に手を出したわけだから」

「広瀬くんの友達をいじめてたのは彼らでしょ。それがなければ広瀬くんだってこんなことには……」

ならなかったはずだった。そう考えると悔しくてたまらない。怒りでどうにかなってしまいそうだった。

「起こってしまったことを後悔しても遅い。俺は、この件に関しては受け入れるつもりだ」

一方で広瀬くんは冷静だった。

それともそう見せているだけなのかは定かではなかった。

「全部広瀬くんが悪いわけじゃない。ちゃんとそう証言したら分かってくれるかもしれない。私もできることがあれば手伝うよ」

「木下には関係ない」

突然、彼は急変したように冷たい声をひとつ落とした。

「……どうしてそんなこと言うの」

「俺たちが他人だからだ。これは俺の問題であって木下は関係ない」

「関係ないって私たち友達だよ！」

「俺は木下と友達になったつもりはない。頼むから、余計な首を突っ込まないでくれ」

冷たい眼差《まなざ》しで冷たい言葉を向けられる。

本心で彼がそんなことを言うとは思えなかった。

「広瀬くん……」

声をかけようと思ったけれど、それを阻むように、「帰ってくれ」と突き放される。

今、広瀬くんは混乱している。どうすることが正しいのか分からなくなっているのかもしれない。それに私だってどうすればいいのか分からない。

結局、その日はそこに居続けるわけにもいかなくて、すぐに帰った。

＊＊＊

——何も起きぬまま、噂が消えてしまえばいいのに。

そんなことを神に願ってみたが、翌日、事態はさらに悪化していた。

暴力事件の動画は一夜であっという間に拡散されてしまった。そのせいで学校ではさらに噂が広まっていた。他クラスの生徒も休み時間になると私たちの教室まで広瀬くんを見に来るようになった。まるでそれは、動物園に新しい生き物が展示されたときのような、異様な光景だった。

『広瀬絃は、過去に暴力事件を起こしたことのある人間』

この投稿先には、無数のコメントが相次いだ。

そんなやつはクズ、人を殴るとかやばい、暴力事件起こしたならバズって当然、生きてる意味なし……など。彼への誹謗《ひぼう》中傷は止まらない。さらには、こいつ今どこ高？　などと彼を探すような書き込みまで見られる。

「ねえ、広瀬ってやつどこ？」

「あれじゃねぇの」

「えーほんとに？　ちょっと誰か話しかけてきてよ」

廊下の方から、そんな会話が聞こえてくる。

休み時間のたびに教室の前に人だかりができる。コソコソと話していても、たくさんの人が一斉にしゃべればそれは大声に変わる。

一時間、二時間と過ぎるたびに、コメントが増えていく。

『この人、この前桜井町付近で見かけた。制服着てた』

『は？　学校行ってるとかまじ？』

『何でそんなやつが学校行ってるんだよ』

『暴力事件起こすやつが学校行く資格ねえ』

『そんなやつが生きてると思うだけで世の中恐ろしいわ』

SNSの中の言葉に、高校生は過剰に反応する。一方的に彼を遠ざけて、拒絶して。それが真実だと言わんばかりにネットに同調して、束になって彼を追い詰める。

広瀬くんは、それが自分の罪だと言わんばかりの様子で、毅然《きぜん》とした表情で席に座っていた。

私はその姿を、見つめることしかできなくて情けなさが込み上げる。

学校が終わり、急いで喫茶店へ向かう。

「いらっしゃいませ」

カウンターにいたのは、広瀬くんではなく千枝子さんだった。

「あの、広瀬くんは……」

「今、ちょっと気分が悪いみたいで」

「そう、ですか……」

きっと千枝子さんも知ってるんだ。炎上のこと。だけど、私がそこへ踏み込むことはできない。それに、いつものようにここでコーヒーを飲みながら寛《くつろ》ぐこともできない。とてもじゃないけれど、そんな気分にはなれそうになかった。

「また来ます」

私は、それだけを言うと店を出た。


その翌日も、広瀬くんは学校に来た。その姿を見てホッと胸を撫《な》で下ろしたのと同時に、何もできない自分を不甲斐《ふがい》なく感じた。

相変わらず休み時間のたびに生徒が集まり、異様な空気が漂っていた。だけど私一人ではどうすることもできずに、自分の席に居続けるしかなかった。

その日の放課後は、また喫茶店へ向かったが、広瀬くんの姿はなかった。また来ますと言って店を出て、店の角を曲がったところで、女子の声が聞こえた。

「――おっかしいなあ。こっち向かったと思ったのに」

店の角から様子を窺《うかが》うと、三人組の他校の制服を着た生徒が、あたりを見回しているようだった。

「ほんとにこっちだった？　どこかで撒《ま》かれたんじゃない？」

「向こうはうちらに気づいてないからそれはないと思うけど」

「それとも違う人だったんじゃない。遠かったしよく見えなかった。あー、広瀬紘の顔写真があればなぁ」

広瀬紘……？

——つまり、彼女たちはSNSで拡散されたあの投稿を見たという人物。見ず知らずの人たちが広瀬くんのことを探している。

仮想空間の言葉や出来事が現実世界へ繋《つな》がって見えた瞬間だった。

「見失っちゃったし、今日はもう諦《あきら》めようよ」

誰かが呟《つぶや》いたあと、スマホを見ていた一人が、「ねえ、準《じゅん》くんが駅前広場でCM撮影してるって！」と急にトーンを変えて言う。瞬く間に、「えー、うそ、やば。こんなことしてないで早く行こ行こ！」と背を向けて走って行った。

自分たちが今何をしているのか頭で理解しようとせず、話題になっているから便乗してきた、と言わんばかりの姿に怒りさえ覚えた。

よく知りもしない赤の他人を平気で傷つけて、それでいて何事もなかったかのように自分たちの時間を過ごす彼女たち。そしてネットで広瀬くんのことを叩《たた》く人たちは、ただ一方的に自分の日常の鬱憤《うっぷん》や不満を彼にぶつけているだけだ。

誰よりも広瀬くんのことを知っているはずの私が、何もできない無力さ。

「広瀬くん……」

彼女たちがいなくなったあと、店の角から出て来て喫茶店の二階を見上げる。窓は、ひとつも開いていない。カーテンが閉め切られていた。

こうなることを広瀬くんは予想していたのかもしれない。だから私を突き放して、自分は店に出ないで部屋に籠《こも》る。そうすれば私や千枝子さんを守れると思ったのかもしれない。

今、彼はどんな姿だろう。どんな表情をしているだろう。傷ついて苦しんでいるに違いなくて、だけど私は彼を救うことができなくて。無力な自分が嫌になる。

＊＊＊

ＳＮＳに投稿された日から一週間が過ぎても、教室に広瀬くんを見に来る生徒は増えて、投稿のコメントもさらに増えていた。クラスメイトは段々と強気になり、誰も声量を気にしなくなった。

「マジこわ。学校来ないでほしいわー」

「分かる。同じクラスとかほんと嫌なんだけど」

「何であんな人と同じクラスなんだろう。最悪」

誰も広瀬くんのことを知ろうともせず、日に日に陰口はエスカレートしていく。

「あーあ。同じクラスとかほんっとついてねぇ。最悪。早く学校辞めてくれねえかなぁ」

あからさまにため息を漏らした男子が言った。

その時だった。

――バンッ。

その瞬間、広瀬くんが机を叩いて立ち上がった。

「コソコソくだらねぇことばっか言ってねぇで文句あるなら直接言えよ！」

彼の声が教室中に響き渡った。

シーンと静まり返ったあと、「じゃあ言わせてもらうけど……」と一人の男子が前に出る。

「ネットのあれはどう説明すんだよ。動画までアップされてるけど、あれ昔の広瀬だろ」

いつもなら弱腰になっているのに、「何とか言えよ」と男子は乱暴な言い方をする。

「………」

一方で広瀬くんは黙っている。

二人のやりとりを息を呑《の》むように、みんなじっと見つめていた。

「答えられないってことは事実なんだな。てか動画が流れてる時点でアウトだもんな」

男子は、自信に満ちたような表情で言った。

それでも広瀬くんは何も答えない。じっと耐えているようだった。

ＳＮＳに投稿されているあれは事実とは違う。一部を切り取ったものだ。そう言いたいのに言えない自分がもどかしい。

──そう思っているときだった。

「どうやったらこんな人間になるんだよ。親の育て方が悪いんじゃねぇの」

広瀬くんのそばにいた別の男子が、笑いながら言った。

すると広瀬くんは立ち上がり、「おい」と男子の胸倉を掴《つか》んだ。

「もういっぺん言ってみろよ」

見たこともないような怖い顔で広瀬くんは言った。

途端に教室中で悲鳴が響き渡り、「誰か先生呼んできて」「やばい、喧嘩《けんか》になる」戸惑う生徒もいれば、「これ証拠に撮ろうぜ」「ネットにアップしたらバズるんじゃね」と誰の利益になるか分からないような話をする生徒もいる。誰も助けに入ろうとしない。

──止めなきゃ。広瀬くんを止めないと。

「言ってやってもいいけど、それ聞いて広瀬どうすんの。この状況分かってる？　今広瀬が殴ったらお前が悪く見られるけど」

男子は挑発的な態度で広瀬くんを煽《あお》り、「それともまた殴るのか？」と、ケラケラと笑った。

広瀬くんの顔には、怒りが滲《にじ》んで見えた。だけど、必死に耐えているようだった。

助けなきゃ、広瀬くんを守らなきゃ。

――手を伸ばそうと思った、そのときだった。

「おいっ、お前たち何やってるんだ！」

入り口から入って来た担任の先生が慌てた様子で彼らを引き離し、「何があったんだ」と彼らを交互に見る。胸倉を掴まれていた男子は、「あ、先生、こいつが……」と先ほどとは打って変わってしおらしくなった。自分を守るためだろう。

広瀬くんは、怒りをあらわにするように近くにあった椅子を蹴《け》り、鞄《かばん》を乱暴に掴むと教室から出て行く。

「おい、広瀬っ！　どこ行く、おいっ！」

担任の先生の声に止まる様子はなかった。

教室が騒がしいせいで先生は広瀬くんを追いかけることができず、その場を収めることで手一杯だった。

誰も広瀬くんを追いかけないし、気にかけてあげることもない。

私はこの騒ぎに紛れるように、教室の後ろの入り口からこっそり抜け出した。

昇降口で彼を見つけた。ちょうどローファーに履き替えるところだった。

「広瀬くん、あの……」

「今すぐ戻れ」

広瀬くんの怒気の籠《こも》った声が聞こえる。

「……え」

背を向けているせいで広瀬くんがどんな表情をしているのか見えない。

だけど、声からして苦しそうなのだけは伝わってくる。

「このまま帰ったら広瀬くんの立場が……」

「そんなのどうでもいい」

「だ、だけど、さっきの揉《も》め事の説明しないとまた広瀬くんだけが悪者扱いされちゃうよ」

「べつにそれでいいよ。どうせ俺が何か言ったところで誰も信じてくれねぇよ」

「ちゃんと先生に話してみたら分かってもらえるかもしれないし、話せばきっと……！」

私が言いかけているとき、靴箱の扉をバンッと閉める音が響いた。

「信じようが疑おうがもうどっちでもいい。そんなのどうでもいい。頼むから、もう俺に関わるな」

あまりにも低くて冷たい声に、身体がすくんでしまいそうだった。

私が動けずにいると、広瀬くんは背を向けて歩き出す。

「待って、広瀬くん……」

何とか必死に止めたくて、無理やり手を伸ばす。

「──お願い、待って」

広瀬くんのシャツの裾《すそ》をわずかに掴む。この手を離してしまったら、この時間を逃してしまったら、私は二度と彼に会えなくなる気がした。それが怖くて、力一杯握りしめる。

「木下」

広瀬くんの手が、私の手にそっと触れた。

私は、ゆっくりと顔を上げる。

「最後まで悪かったな」

悲しい笑みをわずかに浮かべたあと、私の手をシャツから引き離し、背を向けて歩き出す。

その背中に何度も何度も、「広瀬くん」と名前を呼ぶけれど、彼は二度と振り向くことはなかった。

私は、広瀬くんを守ることができなかった。

広瀬くんを救うことができなかった。

私は、何の力も持たない無力な人間だった。

その翌日、広瀬くんは学校に来なかった。

クラスメイトは、彼を心配するわけでもなく、むしろ安堵《あんど》した様子を見せていた。彼のいない教室が出来上がる。みんながそれを望んだんだ。

放課後に喫茶店へ向かったけれど、ドアには【ｃｌｏｓｅｄ】という看板が下げられていて、カーテンも閉め切られていた。

＊＊＊

それから広瀬くんは学校を休むようになった。

広瀬くんに連絡をしたかった。前回私が雨に濡《ぬ》れた帰りに「何かあったときのために」と連絡先を交換していたから、連絡しようと思えばできる。

でも、何て打てばいい？　何度も何度も考えるけれど、結局打ち込んだ文字を消してしまう。

毎日のように放課後になると喫茶店へ向かうけれど、会うことはできなかった。

私は、自分を責めた。広瀬くんのことを守れなかった、と。唯一真実を知っている私が何も力になれなかった、と。

広瀬くんが心配でたまらなかった。

広瀬くんが学校に来なくなってから一週間。噂はもちろん流れているし、投稿だってSNSで相変わらず拡散されている。だけど教室では、それが日常と化してきた。誰も広瀬くんのことを心配しない。彼の噂話を耳にすると、私の胸は締め付けられるほどに苦しかった。

「木下、今日も行くのか？」

放課後のHR《ホームルーム》のあと、担任の先生に尋ねられて、「はい」と返事をする。先生は、「そうか」と難しそうな困ったような顔をした。

広瀬くんが学校を休むようになってから、私は何かできないかと先生に直談判《じかだんぱん》した。そうして一日分のプリントを放課後に持って行く係になった。

「これ、今日の分。頼むな」

今日一日分の授業のプリントを受け取る。

「先生は、SNS投稿を見ましたか？」

「ああ、見たよ。すごい拡散されているよな」

「広瀬くんのことどう思いますか？」

「どうって……なんだ、急に」

「あの噂、ほんとだと思いますか？」

どのくらいの人が広瀬くんを信じて、疑っているんだろう。

「今はネット社会だ。いろんなことがネットで知れ渡る。真実なのか嘘なのか、見分けるのは難しい。だから正直、どうすればいいのか分からない。でも、あそこに映っているのは広瀬のすべてではないと思う。まだ、広瀬のことをあまり知れていないが、見えていない部分もきっとあると思う。実際、木下と二人で掃除を手伝ってくれたわけだし」

広瀬くんのことを完全に信じ切れているわけではなさそうだったが、SNSの言葉を全て鵜呑《うの》みにしているわけでもなさそうだった。そのことに少しだけ安堵した。

「木下は、どうなんだ」

「私は、信じてます。だって広瀬くんのこと知ってますから」

と言うと、先生は「……そうか」とだけ答えた。

そのあと私は喫茶店へ向かった。今日はclosedの看板は出ていなくてホッとした。

「いらっしゃいませ」

店内に入ると、千枝子さんと奥にもう一人姿が見えた。それは、広瀬くんだった。上下黒の短パンにTシャツを着ているから働いている様子ではなさそうだ。

私に気づくなり、カウンターから出て行こうとした彼に、「待って！」と声をかける。

「プリントを届けに来ただけだから、すぐに帰る……だから、逃げないでほしい」

震える声でお願いをすると、彼の足はピタリと止まった。

「これ、今日の授業の分。それだけ、じゃあ私、帰るね」

カウンター席に置いたあと、踵《きびす》を返してドアを開けようとすると、「柚葉ちゃん待って」と千枝子さんが私を引き止める。

「紘、このままでいいの？　紘がどれだけ悔しくて辛《つら》い思いしてきたのか私は分かる。でもね、ここまでしてくれる子が今までいた？」

広瀬くんに言葉を突きつけたあと、「いなかったでしょ」と千枝子さんが言う。

「人を信用することが怖いのは分かるわ。でもね、ここで突き放してしまったら柚葉ちゃん、もう二度と戻ってきてくれない。後悔しても遅いのよ」

広瀬くんは、その場で立ち止まったまま何も答えない。

その姿を見た千枝子さんは、「それじゃあ私は、二階で今晩の夕飯の支度をしてくるから」と、エプロンを取り始める。

「え、あの私は……」

「柚葉ちゃん、まだ帰らないであげて」

私だけに聞こえる声で千枝子さんは囁《ささや》くと、二階へと上がって行った。

お互い黙り込む。静寂な時間が過ぎる。どうしよう、すごく気まずい。

「悪いな」

「え？」

突然の言葉に困惑して、顔を上げる。

「俺が学校休んでるせいで、プリントとか面倒くせぇこと頼まれたんだな」

「う、ううん、これは違うよ。先生に頼まれたわけじゃなくて私が自分からお願いしてるだけだから」

誤解されたくなくて、慌てて否定をする。

「……顔、少しでも見られてよかった。ちゃんと食べてる？」

元気そうではないが、一週間ぶりの対面にどこかホッとした自分がいた。

「あんま食欲はねぇな」

「そ、そうだよね」

広瀬くんは少しだけ顔が痩《や》せて見えた。

「今回の件、悪かったな」

「え、どうして謝るの……？」

「俺の過去を知ってるのは木下だけだから、嫌な気分にさせてるよな」

「私なんかよりも広瀬くんの方がよっぽど……」

辛いはずなのに、どうして私のことを気遣うんだろう。

「……これから学校どうするの？」

「さぁな。最悪このままなんじゃねぇかな」

「広瀬くんは、それでいいの？」

「仕方ねぇよ。どこまでいったって俺には過去が付きまとうから」

「だけど、真実とは全然違うよ。みんな面白半分好き勝手言って……」

「ネットではそれが真実になる。拡散した今、それをひっくり返すことなんてできねぇよ」

――『広瀬紘は、過去に暴力事件を起こしたことのある人間』

この投稿にネット上で〝犯罪者〟などのコメントが寄せられる。そのせいで、彼のことを世間の人はそういう目で見る。

「木下も分かってるだろ。誰も俺の言葉なんて信じないって」

「それはやってみないと分からないかもしれないし」

「分かるだろ。これがその有り様だ」

広瀬くんは、証明しても無駄だと言う。

それは、過去に〝違う〟と否定したことがあるからだろう。だけど、誰も広瀬くんの言葉に耳を傾けなかった。信じはしなかった。

「今さら真実を語ったところで、誰も納得しない。それを誰よりも俺自身が理解してる」

「だけど、このままじゃ……」

「もういいんだよ。ほっとけよ。そもそも俺たちは、仲良くなれる存在同士じゃなかった。木下は、俺とは合わないいんだよ」

「何、言ってるの……」

「こうやってここに来るのもやめろ」

あの日、広瀬くんは自分自身のことをひどく言われても我慢していた。でも彼が、クラスメイトに怒りを見せた瞬間。

──『どうやったらこんな人間になるんだよ。親の育て方が悪いんじゃねぇの』

広瀬くんは、この言葉を聞いてから、感情を露《あらわ》にした。

自分のことで怒ったのではなく、家族のことを悪く言われたからだ。それだけじゃない。広瀬くんが過去に暴力事件を起こしたのは、全部他人を守るためだ。もちろん暴力を正当化するつもりはない。広瀬くんはそれを受け入れて、自分の罰のように背負っている。

広瀬くんが、また一人になることを望んでいるとしても。私が今、彼にできることはただひとつ。

「──やめない。ほっとかない。何を言われても広瀬くんのことかまうよ」

広瀬くんのそばにいて、一人にはしないこと。

「広瀬くんに今までたくさん背中を押してもらった。支えてもらった。それに勇気をもらった。だから、今度は私が広瀬くんを支える番」

目の前の広瀬くんが、また今までのように笑ってくれるように。楽しそうにバイトしている姿をもう一度見られるように。

「私がずっとそばにいるから、絶対に。だから私を信じて」

広瀬くんは、すぐに私を信じてなんかはくれないと思う。過去のことがあるから「信じる」なんて言葉すら聞きたくないかもしれない。でも、私が今できることは、広瀬くんが私にしてくれたように、私が彼のことを信じてあげること。

今度は私が広瀬くんを支える番だから。

＊＊＊

どうやって広瀬くんの汚名を返上しようかと考えていると、今日もまたあの話題が聞こえてくる。

「この動画かなりバズってるね」

「私の他校の友達も知ってたよ。なんかこの投稿見たって」

　ネットで拡散されてしまうと、あっという間に広がっていく。それを止めることは、今さらできない。だとしても、広瀬くんのために何か力になりたくて私は必死に考える。

　……あ、写真は？　広瀬くんが喫茶店で働いてる姿を撮った写真。それを見せれば——と、スマホを取り出すが、そこでふと思い止まる。写真は、私が一方的に撮っただけ。いわば「切り取った日常の一部」に過ぎない。だから、説得力なんてほとんどない。信じてもらえない。

「広瀬の身近な人が投稿したんじゃない？」

「友だちってこと？　いや、友だちだったらこんなこと書いてないだろ」

「じゃあ広瀬と何か揉《も》め事起こした同士とか？」

　笑いながら話す内容ではないし一体何が楽しいのかも分からない。あちこちから聞こえる笑い声や憶測に、私は怒りで震えそうだった。

「広瀬に殴られたやつだったりして。それで腹いせに暴露するぞーって思ったんじゃね」

「あー言えてる。でもさ、悪いことしたの広瀬の方じゃん。だったら自己責任」

「だよな。ま、自業自得か！」

　——どうすれば広瀬くんの誤解を解けるのか考えている暇なんてない。

「いい加減、もうやめようよ」

我慢の限界だった私は席を立つ。近くにいたクラスメイトが「木下さんどうしたの？」とびっくりした顔で言う。

汚名を返上しようとどれだけ必死に考えても、彼らの意識が変わらない限り何を言っても無駄なことだった。私がどれだけ説教をしたとしても、彼らには通じない。自分たちの言動で人を傷つけているという意識がないから。

「……どうしてそんなにひどいことが言えるの」

ほんとは、怖い。一人でこの波に立ち向かうのは、怖くてたまらない。けれど、今一番苦しんでいるのは、他でもない広瀬くんだ。

今までずっと慕われるような優等生を演じていた私。

だけどもう、黙ってなんかいられない。ニコニコ笑っていても何も解決しない。

「……どうして広瀬くんのこと何も知らないのに、あることないことひどいことが言えるの」

震える声で呟《つぶや》いたあと、ゆっくりと顔をあげる。

「木下さんどうしたの。広瀬のこと庇《かば》うなんてらしくないよ」

「そうだよ。木下さんどうしちゃったの」

私らしいって、何。みんなそんなに私のことを知らないくせに、私のことを全て知ったような口振りにさえ、今は怒りが込み上げそうだ。

「クラスメイトなのに、広瀬くんのことを貶《おとし》めるようなこと言ってみんな何とも思わないの？」

そう尋ねると、みんな互いに顔を見合わせる。

「クラスメイトっていったってまだ二ヶ月くらいだし」

「俺ら広瀬と仲良いってわけじゃねぇし」

一人が答えると、それに便乗するように口を揃えて「そうそう」と頷《うなず》く。

「同じクラスになって二ヶ月で彼のことを知らなければ、そこまで仲良くなければ、広瀬くんのことを何言ってもいいの？」

「何言ってもって、べつに俺らが言ってるわけじゃねーじゃん。SNSに書かれてるから、そうなんだなって話してるだけで」

「そうそう。元々は俺らが言い出したんじゃないよな」

責任を取るつもりはないし、自分たちは悪くないと正当化する。

「じゃあ、その投稿内容が間違っていたらどうするの？」

頭の中は怒りでいっぱいで、話すことなんかひとつも考えていない。だけど、言葉はすらすらと出てくる。

「間違ってるわけない。みんな言ってるんだから。むしろこれが嘘の方があり得ないって」

「元々悪いことしてるのは広瀬じゃん」

「そうだよ。悪いことするから拡散されたりするんだよ。広瀬の自業自得」

意識がないから気付けない。他人を傷つけている意識がない。

「みんなは、広瀬くんの何を知ってるの？　何を知って、広瀬くんが１００％悪いって断言できるの。根拠は何？」

顔も名前も分からない人たちが指先ひとつで、相手のことを追い詰めていく。

「じゃあ逆に聞くけど、木下さんは広瀬のこと知ってるの？」

一人が言えば、「いや知らないでしょ」「広瀬くんとの接点ないし」とみんなが束になって笑う。

今、面白い話なんてひとつもしていないし、笑う場面でもない。

今までは優等生としてみんなから慕われていたかった。良く思われたかった。だけどもういらない。優等生なんて肩書きは、私には必要ない。

「知ってるよ、広瀬くんのこと」

過去のことは、広瀬くんと二人の秘密だから全て言うことはできない。

けれど、ここで黙っているわけにはいかない。

「みんなより知ってる。広瀬くんがどんな人なのか。性格だって見た目とは全然違うし、話し方だって怖いけど実は優しいし、誰よりも周りのことを思いやっていて、いつも力になってくれる。人の悪口だって言わないし、友達思いだし、家族思いだし、みんなが思っているよりうんと優しい」

みんな、私が何を言っているのか理解できないといった表情を浮かべていた。当然だろう。学校で私たちに接点なんか何一つなかったから。

「過去のことは自分の罪みたいに背負って、そして受け入れて、誰にも信じてもらえないって諦《あきら》めてる」

それがどれだけ苦しいことなのか、みんな知らない。知ろうともしない。

「大して話したこともないのに、広瀬くんのことを知ったような口振りで、広瀬くんが悪いってみんな一方的に決めつけて、それを事実だって、嘘なわけないって言って広瀬くんを追い詰めてる」

教室中を見回すと、私と目が合わないようにみんな目を逸《そ》らす。

今、私に味方なんていない。一対三十人で、戦っているからだ。

それでも私は、怯《ひる》まないし弱音だって吐かない。

「自分の都合のいい部分しか見ないで、どんどん噂は憶測のまま広がっていって、広瀬くんを叩《たた》く人は今も増えてる。でも、誰もそれを止めることができない。みんなは、それが正しいと思ってるの？」

制御不可能な仮想空間は、最終的にどこまでも追い詰めていく。彼を。

けれど、彼らには伝わらないのか、「何で俺たち説教されてんの」と批判的な声がポツリポツリと上がる。

その声を聞いて、怒りより悲しみが沸き上がる。

「ネットに拡散されて顔も知らない人たちから叩かれて毎日のようにコメントが届いて追い詰められて、家の外にも出られなくなって……自分がその立場になっても、それでも今みたいに笑っていられる？」

問いかけると、さっきまで笑っていた彼らは顔を一瞬こわばらせる。

「誰にも信じてもらえなくて、誰も信じられなくなって、追い詰められて……最後はもう自分のことすら諦めていって……そのあとどうなるかなんて、少し考えてみたら分かるでしょ」

私の言葉に納得していないような不満そうな表情を浮かべながら、目を逸らす人たちばかり。

「ネットで拡散する人も、それに同調して学校で言いふらす人も、広瀬くんの悪口を言う人も、みんな同罪だよ。何もできない私だってそう……」

悔しくなって、涙が溢《あふ》れてくる。

「広瀬くんは、一人で苦しんでる。誰にも本当の自分を知ってもらえずに過去も、そして今も、ずっと苦しんでる……」

涙が、ポロリと頬を伝った。

それに続くようにひとつ、ふたつ、涙の粒はこぼれていく。

「陰口言われて平気な人なんていないんだよ。誰も……いないんだよ」

溢れた涙は、止まらなかった。

どんどん視界が滲《にじ》んでいく。ぼやけていく。

「みんなは広瀬くんのことを全然知らない。動画しか見てないから。それでもまだ広瀬くんだけが悪いって言える？」

何をどう言えばみんなに伝わるのか考えるが、みんなの顔を見る限り、納得していないようだった。

人に思いが伝わらないのは、もどかしくてたまらなかった。

広瀬くんは、過去にこの苦しみを経験していた。私は今、初めて彼の辛《つら》さや苦しみを本当の意味で理解できた気がした。

逃げる必要もなかったのに、逃げたら負けのような気がしたのに、それでも私が学校を飛び出したのは、教室にいるのが苦しくてたまらなかったから。

＊＊＊

逃げた先は、見慣れた喫茶店だった。

だけど、入る勇気がなくて店の前で背を向けた。すると、「柚葉ちゃん？」と馴染みのある声で呼び止められる。

店内から現れたのは、千枝子さんだった。

「どうしたの。鞄《かばん》も持たずに……学校は？」

尋ねられたけれど、答える気力が残っていなかった。

何も答えない私を見て何かを察したのか、「とりあえず中に入りましょう」と私の背中にそうっと手を添えた。その優しさが伝わってきて、目頭が熱くなった。

店内に入ると、千枝子さんは私をカウンター席に座らせたあと、カウンターに戻る。そして何かを用意したあと、すぐに戻ってくる。

「これアイスティーよ。飲んで」

申し訳なく感じて、すみません、と謝ると、「気にしないで」と千枝子さんは笑った。

今度はカウンターに戻らずに私の隣の席に座る。

いつもならすぐに何か話すところだが、今日の千枝子さんはなかなか口を開かない。しばらくして、「これは独り言だから気にしないでね」と呟《つぶや》く。

「あの子からね、柚葉ちゃんのことよく聞いてるのよ。頭が良くて優しくてクラスメイトから慕われている って、すごくいい子なんだって」

……広瀬くん、私のことそんな風に思ってたんだ。

「そんな柚葉ちゃんがまだ学校の時間のはずなのに、ここに来たってことは学校で何かあったのね」

優しく言い当てられて私は、わずかに動揺した。それを見逃さなかった千枝子さんは「そうなのね」と悲しそうに声を落とす。

「ここに座って待ってて」

私の肩に優しく触れた後、二階へと向かった。

しばらくして、二つの足音が下りて来る。

「え、なんで、木下……」

私を見るなり、少し驚いたように目を見開いた広瀬くん。一方で千枝子さんは、「今、準備中にしてるから」と言い残すと、また二階へと上がる。

「今、授業中じゃねぇの？」

先に切り出したのは、広瀬くんだった。

「……抜け出してきちゃった」

私は、力なく笑みを浮かべた。

広瀬くんは、「何で」と戸惑った様子で私の隣の席に腰掛ける。

「……私、失敗したかもしれない」

広瀬くんに会えた安心感と、何もできなかった自分の落差に声が震えた。

「みんなの言葉を聞いていたら、どうしても我慢できなくなったの。悔しかったの。気づいたら立ち上がって自分の思い吐き出しちゃった」

後先考えずに感情だけで動いたことは、正しかったのだろうか。

「落ち着いて話せばみんな分かってくれるかもしれないって思ったけど、一人よがりなこと言って、余計なことしたかもしれない。広瀬くんの誤解、解くことができなかった……また噂も広がってしまうかもしれない……ほんとに、ごめんなさい」

私がやったことは、正しいとは言えないかもしれない。ただ、正義を装っていい人でいたかっただけなのかもしれない。

――それなのに、広瀬くんは首を振った。

「木下は、悪くねぇよ。俺のために怒ってくれたんだろ。謝る必要どこにもねぇじゃん」

「だけど、私のせいで……」

申し訳なくなって顔を下げると、広瀬くんが言った。

「今までそうやって誰かが味方になってくれることなんてなかったから、表に立って俺を守ろうとしてくれた木下のその気持ちが嬉《うれ》しいよ。ありがとな」

怖くない。怒りっぽくもない。いつだって私に優しい言葉をかけてくれる。どうしてもっとみんな知ろうとしないんだろう。

「……悔しいなぁ」

不意に、ポツリとこぼれ落ちる。

「悔しいよ……すごく悔しい。広瀬くんの友達思いなところや家族思いなところとか、そういうのが全然みんなに伝わってないのが、すごく悔しすぎる……！」

手のひらをぎゅっと握りしめていると、「何で木下の方が怒ってんだよ」と広瀬くんに言われる。顔を上げると、彼は呆《あき》れたようにして笑っていた。

……そうだ。これは、悔しさなんかじゃない。

「あれだけみんなが好き勝手言ってるんだもん。何にも知らないくせに広瀬くんのことあることないこと言いふらして……今だって、ほんとはすごく腹が立ってる！」

先ほどまでの悔しさや申し訳なさが、今度は怒りに切り替わる。

「広瀬くんが学校に行けなくなったのは、みんなが噂したり、ネットに拡散したりしたせいなのに、誰もそれを悪いことだとは思っていない」

「元はと言えば俺が過去に人を殴ってるからだろ」

「それは友達を守るためだったからで……！」

ここで私たちがどれだけ議論を重ねても世間は変わりはしない。

冷静に話し合うために、私は一度呼吸を整える。

「ねえ、広瀬くん。学校はどうするの？」

「だからそれは、前にも言っただろ」

「それでほんとにいいの？」

「いいも何も仕方のないことだ」

どれだけ年月を重ねても過去は消えない。たくさんの情報の中に埋もれたとしても、また今回のように多くの人の目に触れることもある。その繰り返しかもしれない。だけど、どこかで過去と向き合わない限り、立ち直ることはできない。

「前に広瀬くんが言ってくれたよね。『相手にちゃんと気持ちを伝えるために、たくさんの言葉がある。すれ違わないために、互いを理解し合うために言葉がある』って」

私が広瀬くんの写真をみんなに見せたとしても、それも動画と同じ「切り取った日常の一部」にすぎず、説得力が足りない。結局は、言葉で伝えるのが一番だ。

「だけど、今の広瀬くんは対話することから逃げてる」

私の言葉を聞いて、わずかに広瀬くんは、表情を曇らせる。

「人と向き合うことはとても勇気のいることだし、簡単なことでもない。それは、誰よりも私が理解している。でもね……今ここで逃げたままだと、一生過去に囚《とら》われたままだと思うの」

私の背中を押してくれたのは、間違いなく広瀬くん。

彼のおかげで今の私がある。

「思い切って一歩踏み出すのはなかなか難しい。でも……広瀬くんは一人じゃないよ。私がいる。それに千枝子さんだっている」

広瀬くんはわずかに顔を上げた。

「私たちの言葉で過去のことを話してみよう。クラスメイトにはまだ難しいかもしれないから、例えば……担任の先生とか。少し信頼できそうな人にまずは話してみるの。そうやって少しずつでも広瀬くんのことを理解してくれる人が増えたら、段々と噂も減っていくと思うの」

初めの一歩はとても勇気がいる。でも、その一歩は確実に前へと進んでいる。

「何で俺のためにそこまで……」

「約束したよね。今度は、私が力になるって」

あの約束は、嘘じゃない。約束は守るためにある。

「私にできることはなんだってする。力になれることがあれば進んでやる。一人では不可能なことでも、二人なら少しはできそうじゃない？」

絶対成功するとは断言できないけれど、何もしないよりは全然いい。

少しでも広瀬くんの気持ちが楽になればと思った。

──そうしたら、彼はこう言った。

「……そうだよな。俺が、諦《あきら》めてどうすんだよな」

わずかに表情を緩めたあと、広瀬くんは椅子から立ち上がった。

「どうしたの？」

「学校に行く」

「え、今から……？」

まさか、こんなに早く行動をするとは思っていなくて驚いた。

「木下の話聞いてたらこのままじゃだめだなって思ってさ」

広瀬くんの中の何かが変化しているようだった。

私の行動が彼を動かす原動力になっているんだ。私がしたことに意味があったんだ。

無駄じゃなかった。それが知れて嬉しかった。

「じゃあ、一緒に行こう」

「……学校戻って平気？」

本当のことを言えば戻るのは少し怖い。だってみんなの前であんなことを言ったんだから。逃げてきたんだから。

だけど、今ここでじっとしていたら、きっと後悔すると思うから。

「うん、大丈夫だよ」

私は、一人じゃない。それに。

「広瀬くん。これだけは、忘れないで……私は、ずっと広瀬くんの味方だから」

彼は、何も答えなかった。

けれど、わずかに緩められた口元が全てを物語っているように見えた。


学校へ向かう前に喫茶店から担任の先生に電話をすると、今は授業時間だから裏門から来なさいと告げられた。学校に着くなり裏門で待っていた先生に連れられて別室に案内される。怒られることを覚悟していた私だったが、少し注意されただけで残りは反省文でいいと言われた。どうやら、学校を飛び出したわけをクラスメイトから聞いたらしい。どこまでをどのようにして聞いたのかは分からなかったけれど。

私の鞄《かばん》を持って来ていた先生に、『今日は教室に戻りづらいだろうから別室で予習しとくといい』と提案されたので、そうすることにした。最後に先生は『こういうことは二度とないように』と言葉を残して話は終わった。

そのあとに広瀬くんは、『先生に話がある』と言った。その言葉に先生は分かった、と頷《うなず》く。そして二人で部屋から出て行った。

明日《あした》から教室でどうなるかなんて分かりきっているが、私は何一つ後悔していない。

隠れる必要だってない。

堂々としていよう、そう強く思った——。


その翌日、私はいつものように学校へ向かった。すると、今まで話しかけてきたクラスメイトは私を見てよそよそしい態度を取った。一人になることに寂しさがあったが、上辺だけの付き合いをするよりはマシだと思った。

教室がざわつき始めたのは、HR《ホームルーム》が始まる十分前。入り口から入って来たのは、二週間ほど学校を休んでいた広瀬くんだった。クラスメイトは驚きを隠せない。当然だろう。昨日私があんなことを言って、そのあとすぐに広瀬くんが登校するなんて思わないわけだから。

よほど困惑しているのか、互いに顔を見合わせてヒソヒソと広瀬くんを見る。

けれど、彼は堂々と歩いて私の机の前で立ち止まる。

「木下、おはよ」

今まで私たちは、クラスメイトの前であいさつを交わすこともなかった。

だけどもう、隠す必要はないんだ。

「広瀬くん、おはよう」

あいさつを交わした私たちを見て、クラスメイトはコソコソと何かを言っている。私たちが周りに目をやると、みんな慌てたように目を逸《そ》らす。

今、彼らは何を思っているだろう。何を考えているだろう。少し前は、そんなことをいつも考えていたけれど、もうどうでもよかった。周りからの評価なんて必要なかった。

しばらくして、入り口から先生が入って来て、席に着くように促す。みんな困惑している様子だったけれど、先生は広瀬くんを見てわずかに安堵《あんど》したような表情を浮かべたあと、すぐに名簿に目を落とす。昨日あのあと、二人で話をしたらしい。その内容は知らないけれど、先生の様子を見る限り、少しは理解してくれたんじゃないかと思った。

授業中、私はいつも通りに振る舞った。広瀬くんも休み時間はいつも通り、一人でどこかへ出て行った。変わったといえば、クラスメイトだけ。みんなこちらをチラチラ見ながら何かを話している。

昨日、私はここで全部をぶちまけた。気まずさというよりは、むしろスッキリしていた。何も隠す必要がなくなったからだ。

「広瀬くん、お昼一緒に食べよ」

注目の的になっているが、彼は「おー」と返事をすると、パンが入った袋を持って立ち上がる。二人でいる姿をクラスメイトや他クラスの子たちも見に来ていたが、堂々と二人して並んで歩いた。

食堂へ向かうと、「あれ、広瀬くんじゃない？」と微《かす》かに声が聞こえた。見てみると、数人の女子が私たちを見ているようだった。

「ここで食うと悪目立ちするな」

「大丈夫だよ。悪いこと何もしてないのに隠れる必要はないよ」

居心地悪そうにあたりを見ていた広瀬くんだったが、私の言葉を聞いて、彼はわずかに微笑んだ。

窓際のテーブルが空いていたので、そこに座ることにした。

優等生だった私は、一人になった。

だけど、本当の意味で孤独になったわけじゃない。私には広瀬くんがいるから。そして広瀬くんにも私がいる。

「こうやって誰かと一緒に食べるお弁当ってすごくおいしく感じるよね」

私がそう言うと、「そうだな」と広瀬くんは目を細めて笑った。

＊＊＊

広瀬くんがまた学校に来るようになって数日が過ぎた。相変わらずクラスメイトは、私たちに声をかけることはなかったが、私と広瀬くんを見てもヒソヒソと噂を立てることはなくなった。

そして問題となっていたSNSでは、少し風向きが変わりつつあった。

広瀬くんへの誹謗《ひぼう》中傷が相次いだ後、彼を擁護する人物が少しずつ現れたのだ。

『この動画、撮影してるやつは何してんの？』

『何で誰も止めに入らないでカメラ回してんの？』

『知り合いに聞いたけど、問題は殴られた方にもあるらしい！』

『自分のことは棚に上げて一方的に非難するとかそっちこそやばいじゃん』

初めは誹謗中傷している方が多かったが、徐々に擁護する側が優勢になる。それは次第に波紋を呼び、最初に投稿をしたアカウントが今度は標的となった。

そして今朝SNSを確認してみたら、その投稿は昨夜のうちに削除されたらしい。アカウントもすでになかった。いわゆる、雲隠れというやつだろう。

SNSアカウントがなぜ削除されたのか広瀬くんに尋ねると、「俺が何かしたわけじゃねぇ」と答えた。千枝子さんも何もしてないらしい。

結局、誰がなぜこんなことをしたのかは不明だし、誹謗中傷の言葉だって数々残っているし、誰が彼のことを擁護したのかも謎ではあったが、広瀬くんの意向もあって私たちは追及しないことにした。

ＳＮＳの投稿が消えてから広瀬くんに対する噂も徐々に薄れていき、他クラスから広瀬くんを見に来る人もあまりいなくなった。クラスメイトも少しずつだが私たちに話しかけてくれる人が増えてきた。

平穏な日々を取り戻しつつある、そんなある日の休み時間。

「もうすぐ期末テストだね。広瀬くん、勉強してる？」

「あんましてねぇな」

私たちは最近教室で話をするようになった。以前より堂々と話すようになり、これが日常になりつつある。

「勉強しないと千枝子さんに怒られちゃうんじゃない？」

「怒るのはいつものことだろ」

「またそんなこと言って……千枝子さん優しいのに」

「優しいのは木下にだけだろ」

これ見よがしにうんざり、と言わんばかりの表情を浮かべて、「俺には容赦ねぇし」

と頬杖《ほおづえ》をついた。

「あっ、じゃあさ、休み時間とかお昼休み、期末テストに向けて勉強でもする？」

「……休み時間に勉強ねぇ」

「この前の二週間分も多分期末テストに含まれてると思うから、一緒に勉強した方がいいと思うんだけど、どうかな」

あまり乗り気ではなさそうだけど、「赤点を取ったら再テストがある」と教えると、広瀬くんの眉《まゆ》がピクリと動く。

「勉強は好きじゃねぇけど、二度もテスト受けるのは勘弁だな」

広瀬くんは、諦《あきら》めたように言った。


休み時間、広瀬くんの机で教科書を広げて一緒に勉強をしていると、「あの……」とクラスメイトの女子に声をかけられた。

広瀬くんと二人して顔を上げる。

「私も一緒に勉強したらダメかな」

彼女の言葉に、「は？」と広瀬くんは少しだけ不機嫌になる。

「この前は広瀬くんたちのこと避けちゃってごめんなさい。でも、木下さんと広瀬くんのやりとりを見てたら、広瀬くん怖い人じゃないのかなと思って。それに木下さんの勉強の教え方、すごく上手だから分かりやすくて、また前みたいにできたらなあって……」

彼女もまた、私たちを遠ざけたうちの一人だ。広瀬くんが良く思わないのは理解できる。

だけど、〝広瀬くん怖い人じゃないのかな〟そんなふうに見えたのは大きな変化かもしれない。

「や、やっぱり、ダメだよね……」

彼女は苦笑いをして俯《うつむ》いた。

きっと一人で声をかけるのは勇気がいったはずだ。

だからといって私の一存では決められない。

「私は大丈夫だけど、広瀬くんはどう？」

「……べつに、いいんじゃねぇの」

広瀬くんは顔を背けて答えた。

もしかしたらさっきの彼女の言葉が少しは嬉《うれ》しかったのかもしれない。そう理解するのは容易《たやす》かった。

彼女は、ありがとう、と言って私たちのそばに腰かけた。

その日から歪《いびつ》な組み合わせでの勉強会が始まった。未《いま》だに私たちを避けるクラスメイトもいたが、「私もいいかな」と声をかけてくる人も現れだした。慣れない雰囲気に初めのうちは、広瀬くんも居心地悪そうにしていたが、少しずつ会話にも参加するようになった。

私はスマホを取り出して、広瀬くんがクラスメイトと話している姿をこっそりと写真に収める。すると、撮られたことに気がついた彼が、「何やってんだよ」と呆《あき》れたように言う。

「みんなとの雰囲気がよかったから、つい……」

「はあ？　何だよそれ。意味分かんねえ」

広瀬くんは眉間《みけん》にしわを寄せて、不満そうにする。

だけど、せっかくみんなと仲良くしている姿を消してしまうのはもったいない。そう思った私は、近くにいた女子にスマホを見せる。「広瀬くん笑ってる」と一人が言えば、見せて見せてと集まって来て、「わ、ほんとだ」とみんなで言う。あっという間に私たちの周りは、クラスメイトで溢《あふ》れ返る。少しずつだが彼のことをみんな知りつつあった。恐れることはなくなった。

その一方で、広瀬くんはなかなか素直になれない。

「……それ、あとで消せよな」

むすっとしながら言うと、彼は頬杖をついた。

だけど、怒っているわけではないことをちゃんと知っている。

その証拠に髪の毛の隙間から覗《のぞ》く耳が、わずかに赤く染まって見えたから。

「おい、広瀬」

ある日の休み時間、以前広瀬くんと一悶着《ひともんちゃく》あった男子が広瀬くんに声をかけてきた。

「……の前は……かったな」

ボソボソとした声で聞き取りづらい。

「何。聞こえねぇけど」

案の定、広瀬くんは少しとがった口調で言う。

すると、男子は広瀬くんの声にひるみながらも、「だからっ」と声を荒らげた。

「この前は悪かったなって言ってんだよ！」

怒ったような態度で、だけど、申し訳なさそうにしているのが伝わってきた。

その姿に呆気《あっけ》に取られた広瀬くんは、一瞬ポカンと固まったあと、「あー……」と首に手を当てて、気まずそうにポツリと小さな声で呟《つぶや》いた。

「……いや。俺も、悪かった」

男子もまた広瀬くんが謝るとは思っていなかったのか呆気に取られた様子で、「お、おう」と返事をしたあと、「それだけだから。じゃあな！」と悪党がヒーローの前から去るときのようなセリフを残して友達の元へ戻って行った。

なんだかそのやりとりが微笑ましくて、思わず笑みを浮かべる。

いい意味で彼の周りで変化が起こっていた。

「何笑ってんだよ」

むすっとした表情を浮かべた広瀬くんに私は、「何でもないよ」と笑って答えた。

＊＊＊

それから一週間。期末テストを無事終え、あと二週間もすれば、夏休みがやってくる。そんな日の放課後。

私は、部活の課題に頭を抱えていた。理由は、『家族の写真を撮る』ことになったからだ。景色や風景、植物など、撮る対象物は日によって替わるのだが今回は人だった。「家族の写真を撮る」という条件を満たせば課題はクリアできるから、姉妹だけの写真でもいい。だけど、せっかく学校の備品のカメラを貸してもらっているのだから、私は家族の集合写真を撮ることに決めている。

夜、家族全員が帰って来たのを確認すると、まずは姉の部屋に向かう。ノックをすると、「はーい」と姉が現れる。

「今……少しだけ時間ある？」

尋ねると、姉は困惑した様子で「あるけど……」と私を見つめる。

「じゃあ、とりあえずついてきてほしい」

「え？」

今、理由を打ち明けてしまっても、どうせあとで両親にも説明しなければならない。

それなら、みんながいるときに一度で説明を終えた方が賢明だ。

姉は渋々、頷《うなず》いて私のあとをついて来た。

一階へ下りると、父はソファでテレビを観ていて、母は椅子に座り家計簿をつけていた。

「お父さん、お母さん。今、少しいいかな」

声をかけると二人は顔を上げて、「どうした」と父が尋ねる。

母も姉も私の言葉を待っている。

突然現れた静寂の時間。テレビの音量だけが、鮮明に響く。

「みんなで家族写真を撮りたいの」

意を決して言うと、「何よ突然」と母が呆れたように答える。

「そうだよ。柚葉。いきなりどうしたの？」

姉も困惑しているようだった。

私は、小さな黒いバッグを開けてカメラを取り出す。

「実はね……部活の課題で、家族の写真を撮ることになって……少しだけ協力してもらえないかなって」

これは単なる部活の課題。

――だけど、これは家族を繋《つな》ぐいいチャンスだ。

「すぐ終わるから、ね。お願い！」

ちょっと大げさにおどけながら、姉の手を引いてソファに座らせた。「ちょっと、柚葉」と慌てた様子の姉だったが、急に静かになる。父はもう準備万全で、緊張した面持ちで背筋を伸ばしている。大丈夫だ。協力してくれる。いける。

「お母さんも一瞬だけこっち来てほしい」

「嫌よ」

母はすぐに目を逸《そ》らす。

今までだったら自分から声をかけることすら躊躇《ためら》っていた。でも、今は違う。

「部活の課題、明日《あした》までにやらなくちゃいけないの。だから、お願い」

もう一度、声をかける。すると、母は深いため息をついたあと、観念したように椅子から立ち上がる。姉と母はソファに隣同士に腰かけると、気まずそうに少し顔を反対側に向ける。

「みんなこっち向いてね。お母さんとお姉ちゃん、もう少し前向いて」

カメラを構えると、二人は渋々前を向いた。

部活の課題は、家族写真を撮ること。しっかりと画面を見て、みんなの表情や雰囲気を切り取らなければならない。これは、私にとって勉強と同じだ。

「じゃあ撮るよ……三・二・一――」

カシャッと音が鳴る。カメラを確認すると、画面の中には久しぶりの家族写真が収められていた。みんな笑顔とはいかなかったが、これが今の私たち「家族」だ。

そのあと、頼み込んで、カメラのタイマー機能を使って四人揃った写真も撮った。

「慣れないことをすると肩が凝るわね。甘いコーヒーでも飲もうかしら」

写真を撮り終えたあと、誰よりも早く母がソファから立ち上がったのは言うまでもなかったが、その姿を見て、父も姉も、そして私も微笑む。一瞬だけリビングが和やかになった瞬間が訪れた。

姉はメイクの練習をするからと早めに部屋に戻っていった。

「お父さん、お母さん、ありがとう」

私が頭を下げると、父は「そこまでのことしてないぞ」と笑った。

「違うよ、写真のことじゃなくて……自分の道は自分で決めていいって認めてくれたでしょ。それがあるから今があるんだなって思ったら、どうしても言いたくなって。

だから、応援してくれて、ほんとにありがとう」

私の言葉を聞いて父は、少し嬉《うれ》しそうに口元を緩めた。

部屋に戻り、もう一度カメラを見る。写真を撮ると、人は不思議と笑顔になる。笑った顔を見ると、撮る側まで嬉しくなる。もっと勉強してうまくなりたい。

カメラのことを学ぶには美大がいいのかもしれない。だけど、正直進路について悩む。進学校では専門学校や美大への進学はイレギュラーだ。そのため進路を決めるにはもう少し時間がかかる。自分の将来のことだ。もっと悩んで考えよう。今の私には、それができるのだから。


無事、家族写真を撮り終えて提出することができた。

その翌日、学校が休みなので、私は久しぶりに喫茶店へ来た。

【アルバイト募集中】

ドア横に張り紙があったことに気がついた。どうやらアルバイトを募集しているらしい。

「広瀬くん、表のあれって……！」

私は、慌てて店内へ入る。

すると、広瀬くんは苦笑いを浮かべて、「まあ少し落ち着けって」と席へ促される。

私は、一度深呼吸をしてから、ゆっくりと口を開いた。

「表にあった張り紙見たんだけど、アルバイト募集してるの？」

「ああ。前から考えてたことだけど、二人じゃ難しいってなって。ばあちゃんと話し合った結果バイト募集しようって結論に至った」

「もうアルバイト決まった？」

「いやそれ貼ったの昨日だし、まだだけど」

私にはやりたいことがある。祖母のように写真を撮ること。そのために自分のカメラが欲しい。けれど、今までのお年玉じゃ全然足りない。アルバイトをしたら買うことができるかもしれない。

「だったら……私なんてどうかな?!」

大きな声で懇願すると、広瀬くんは困惑した表情をした。

「私まだアルバイトしたことないんだけど、自分で貯めたお金でカメラが欲しいの。それでね、おばあちゃんみたいに人を笑顔にできるカメラマンになりたい。そのためにはまず今できることをしなきゃ、って思ってたんだけど……」

何も言わない広瀬くんに怖気《おじけ》付いて、「やっぱり難しいかなぁ」と弱音を吐く。

「俺はべつに構わねぇよ。親に許可取ってみれば。多分、ばあちゃんはいいって言うだろうし」

一瞬にして世界が輝いているように見えた。

「うん、聞いてみる！」

「じゃあ結果分かったら連絡して。俺もばあちゃんに伝えとくし」

連絡先は知っていたけれど、なんとなく用事がないと連絡できなかった。

だから、今までメッセージを送ったことなんてないけれど、連絡を取れるきっかけができたみたいで嬉しかった。

家に帰り両親にアルバイトをしてみたいと打ち明けると、父は社会勉強としてやってみるといいと言ってくれた。母はとにかく成績のことを気にしていたが、成績を落とさない条件で、承諾をしてくれた。

夜、二十一時半頃。広瀬くんに初めてメッセージを送る。

【アルバイトしてみてもいいって言われたよ】

そうしたら、数分もしないうちに。

【よかったな。ばあちゃんもいいってさ。早速だけど、明後日《あさって》学校休みの日、昼十三時からどう？　無理そうなら言って】

という文面を見て目が覚めた私は、「やった〜！」と小さくガッツポーズをする。

やっぱり、絵文字は一切なく文字だけ。けれど、それが広瀬くんらしくて、思わずクスッと笑った。それから、【大丈夫だよ】と送って、一人嬉しさを噛み締めた。

＊＊＊

そして二日後。アルバイト募集の張り紙を見てから、トントン拍子で事が決まっていき、瞬く間にアルバイト初日がやってきた。

「喫茶店未経験ですが、どうぞよろしくお願いします……！」

緊張して、声が上擦ってしまった。

「そんなにかしこまらなくて大丈夫よ。うちはね、紘と二人でやってたから少し大変だったけど、柚葉ちゃんが入ってくれて助かるわ。今日からよろしくね」

「はいっ、よろしくお願いします……！」

アルバイトが決まってから、私はネットで色々と調べた。初日が肝心だとか先輩にはあいさつをしっかりするとか、メモを取ってあとで見返せるようにするとよいと書いてあった。

「まずは、これに着替えてもらえる？」

衣所で着替えてもらおうかしら。うちは従業員ルームがないから二階の脱
千枝子さんに制服を手渡される。

「は、はいっ！」

前に一度だけ二階に上がったことがある。けれど、あのときのことはあまりよく覚えていない。雨の中ずぶ濡《ぬ》れだった私を広瀬くんが助けてくれたんだったよね。少し懐かしく感じた。

　脱衣所で制服に着替えたあと、鏡で自分の姿を見つめる。黒シャツに腰からのエプロンを着けた私は、いつもよりシャキッとして見えた。背筋が伸びる気分。

「よし、頑張ろっ！」

　自分の頬を軽く叩《たた》いて気合いを入れてから一階へ下りると、「ありがとうございました」と、ちょうどお客さんが出て行く後ろ姿が見えた。

　声をかけるタイミングを窺《うかが》っていると、私に気づいた千枝子さんが、「着替え終わったようね。似合ってるわ」とニコリと微笑んだ。

　私は少し照れくさくなりながら、ありがとうございます、と返事をする。

「ところで、あの、広瀬くんは……」

「ああ、紘にはね今買い物を頼んでるの。夕飯の食材をまとめて買うとなると結構な量になるからね」

　ほんわかした雰囲気の千枝子さんが微笑むと、広瀬くんを思い出してしまう。

　やっぱり二人は、目元が少しだけ似ている気がした。

「柚葉ちゃん、ちょっとカウンターに座ろうか」

「え？　あの、今から……」

私が戸惑っていると、「ちょっとだけ。ね、ちょっとだけ」と私の背中を優しく押してカウンター席に連れて行かれる。それから千枝子さんはカウンターに戻り、何かを準備する。今から研修するとばかり思っていたのに。もしかして私、何かやらかしてしまったのかな。

「あの、もしかして私、バイト不採用とかですか？」

「ううん、そうじゃないわ。ちゃんと採用してるから心配しないで」

よかった、と胸を撫《な》で下ろしていると、「はいどうぞ」とグラスにオレンジジュースが注がれた。私は、ありがとうございます、と受け取った。

「あの子のこと、柚葉ちゃんと少し話したいなぁと思ってね」

千枝子さんはそう言って私の隣の席に座ると、「実を言うとね……」と今度は悲しそうに眉尻《まゆじり》を下げる。

「あの子が二週間も学校を休んだとき、私、もうダメかもしれないと諦《あきら》めそうになったの。またあのときみたいになっちゃうのかなと思ってね」

〝あのとき〟とは、広瀬くんが中学三年のときの出来事。友達へのからかいがエスカレートしていじめとなり、それを止めに入った広瀬くんが結果的に相手を殴ってしまったときのこと。

「そう思ってたんだけど、柚葉ちゃんが毎日のようにプリントを持ってきてくれたでしょ」

「私はそれくらいしかできなくて……」

「そんなことないわ。その気持ちが嬉《うれ》しかったの。紘の過去を知っても離れないでくれたのは柚葉ちゃんだけだったから」

——どうせ誰も信じない。

広瀬くんは、人に信じてもらうことを諦めていた。だから多くは語らずに沈黙を貫くことが多かった。

「あのときは私一人だったけど、今回は柚葉ちゃんも味方になってくれて私、すごく救われたの。だから、ありがとうって柚葉ちゃんにお礼が言いたくて」

千枝子さんが突然頭を下げた。

「ち、千枝子さん頭上げてください！」

顔を上げた千枝子さんの目には光るものが見えた。

「ごめんなさいね。今までのこと思い出しちゃったら涙が……」

千枝子さんは手で涙を拭《ぬぐ》いながら笑った。

「柚葉ちゃんがあの子のことを信じてくれたおかげ……柚葉ちゃんがあの子のそばにいてくれたおかげ。ほんとにありがとう」

一人だと心細くて、将来がどうなるか不安で。誰かに相談したくてもできない状況で、それをずっと千枝子さんは一人で抱えていたに違いない。

それは私には計り知れないほどの苦しみだろう。

「私のおかげなんかじゃないですよ。千枝子さんがいたからだと思います。千枝子さんが一番そばで見守っていたから、だからこそ今の広瀬くんがあるんだと思います」

私は、今年になって初めて広瀬くんとクラスメイトとして知り合った。それ以前のことは何も知らなかった。広瀬くんが過去のことを受け止めながら前に進むことができたのは、千枝子さんのおかげだ。

「広瀬くんも千枝子さんもお互いを思いやっている、とても素敵な家族です」

千枝子さんは、私の言葉を聞きながらまた涙を流して笑った。

その姿を見ていたら、教えてあげたくなった。

「前に広瀬くん言ってましたよ。喫茶店だけじゃなく、自分の夕飯とかも作ってくれるから身体が心配だって」

「あの子そんなことを言ってたの？」

私の言葉を聞き、微笑みながら涙を拭う。

「普段はあんなんだから全然感謝されてるようには見えないけど、そう……そんなふうに思ってくれていたのね」

お節介かもしれないけれど、陰で千枝子さんのことを思っていることをどうしても伝えてあげたくなった。もちろん広瀬くんに許可は取っていないけれど、これくらいは許してくれるはず。

「私いつも余計な事言ってしまうの。それで憎まれ口叩かれちゃうけど、ほんとはあの子が可愛くて仕方ないのよね」

広瀬くんに〝可愛い〟ってなんだかしっくりこなかったけれど、孫を可愛いと思うのは当然だと思った。

「あの子も私も素直になれないなんて……全く誰に似たのかしら」

千枝子さんが笑うから、私までつられて笑ってしまう。

――カランコロンッ。

「ばあちゃん頼まれてたの買って来たけど」

広瀬くんが帰って来ると、「今の話、あの子には内緒ね」と千枝子さんが私に耳打ちをする。

「もう休憩してんの。早すぎねぇか」

カウンター席で飲み物を飲んでいた私たちを見て、広瀬くんがそんなことを言った。

「研修前は緊張するだろうから柚葉ちゃんの緊張をほぐしてたのよ」

「それで長々としゃべってんのかよ。ばあちゃん一度しゃべると長いんだから気をつけろよ」

「あらまた、紘はそんなことすぐ言うんだから」

二人のやり取りが目の前で繰り広げられる。

ついさっきまで広瀬くんのことを話して少ししんみりしていたから、その光景が何だか微笑ましくて思わずクスッと笑った。

「おふたり、やっぱり仲良いですね」

私も、おばあちゃんのことが懐かしくなった。

「そう見える？　嬉しいわあ。よかったわね、紘」

「仲良くねぇよ。いつもこんな小言ばっかり言われてるっつーの」

「それは紘が言わせてるのよ」

「何だよそれ。意味分かんね」

千枝子さんの前では、広瀬くんは少し子供のように見えた。良い意味で言えば〝素〟でいられるってことなのかも。それだけ信頼してるってことだよね。

「それじゃあ柚葉ちゃん、紘のことお願いね」

二階に上がる前に千枝子さんがそんなことを言った。

「何で俺がお願いされるんだよ。今から仕事教えんのは俺だっつーの」

悪態をついていたけれど、その姿さえも微笑ましく思えてならなかった。

二人は似たもの同士なのかもしれない。だからこうしてぶつかり合う。

「そういえばさっき何話してた？」

不意をつくように尋ねられて、「え」と動揺してしまう。

千枝子さんにはさっき〝内緒にしてね〟と言われたから言えるはずもなく。

「アルバイトの仕事内容とか週にどのくらい入れるとか、そんな感じだったかな！」

慌てた私の口は、いつもより饒舌《じょうぜつ》だ。

けれど、特に怪しまれることなく、広瀬くんは「ふーん」と頷《うなず》いた。

「じゃあ、研修するか」

「お、お願いします……！」

深々と頭を下げると、「そんな緊張しなくていいから」と広瀬くんは私を見て笑った。

「緊張するよ。アルバイト経験ないし、コーヒーの知識だって全然ないから覚えられるかなって不安だし……」

「最初から一気にしようと考えるからだろ。ひとつずつこなしていけばいいんだよ」

「……できるかな」

「心配すんな。俺にもできてるから」

広瀬くんの声はとても頼もしく聞こえた。

「よし。じゃ、今日はコーヒーの種類と淹《い》れ方を覚えるか」

「よろしくお願いします……！」

メモ帳とペンをポケットから出す。

広瀬くんは、ちゃんとメモを取れるように少し時間をあけながらコーヒーの種類を教えてくれた。

「書けた？」

私の様子を見て確認してくれる。私が頷くと、「じゃあ次」とゆっくり進めてくれる。

そんな広瀬くんに安心して、肩に入っていた力はいつのまにか抜けていた。

「ブレンドの場合は、注文が入ってから豆を挽《ひ》くこと」

「それはどうして？」

「挽いた粉って、すぐ酸化するんだよ。そしたら味が変わる。だからなるべく注文が入るまでは豆のまま」

なるほど。メモ帳に書き記す。

「今お客さんいないし実際にやってみるか」

「えっ、今覚えたばかりなのに……?!」

驚いて目を見開いていると、「練習練習」と広瀬くんは私からメモ帳を奪って、カウンターに置いた。

「これで豆を挽く。少し力いるけど、木下でもできるからやってみて」

広瀬くんに使い方を教えてもらいハンドルを回し、しばらくすると、珈琲《コーヒー》豆のいい香りがしてきた。

「いい匂い……」

「だろ？」

それから広瀬くんは、コーヒーを淹れる工程をゆっくりと分かりやすく説明してくれた。

そうして出来上がったコーヒーをカップに注ぐ。

「飲んでみていいよ」

「え、でも今研修中だから……」

「試飲するのも味を覚えるため」

広瀬くんに言われるがまま、試飲してみる。

ほのかに豆の苦みがきたあとに、後味には甘さが広がった。

「苦みは控えめだから、やっぱり飲みやすい。おいしい」

「前にも言ったけど、他にも酸味が強いやつとか、もっと苦みがあるやつとか豆によっても味が全然違う。それを今教えたら頭いっぱいになるだろうから、それは追々な」

「う、うん。そうしてもらえると助かります」

それから基本的なアイスコーヒーや、アメリカンコーヒーなどひと通りドリンクは全て作り方を教えてもらった。もちろん一度じゃ覚えられないから、家に帰ってメモ帳を見直して覚えていくつもり。

——カランコロンッ。

「いらっしゃいませ」

お客さんが一人やって来た。広瀬くんのあとに小さな声で、「いらっしゃいませ」と復唱した。まだ恥ずかしさがあってお腹から声が出ない。

私に、「少し待ってて」と声をかけたあと、広瀬くんはお客さんが座った席へ向かった。

「注文はお決まりですか」

「ええ。ブレンドコーヒーをひとつとシフォンケーキもお願い」

広瀬くんは「かしこまりました」と言って伝票にメモを取る。

いつも以上にクールで、だけど、凛々《りり》しさもある広瀬くんがとてもかっこよく見えた。

「紘くんも段々と板についてきたわね。私が初めて見たときは去年だったけど、接客もうまくなったわ」

「いえ。俺なんてまだばあちゃんの足元にも及びませんよ」

「あら、そんなお世辞が言えるようになったなんて。すっかり大人になったわねえ」

親しげな会話が聞こえてきた。結構話が弾んでいる様子。広瀬くんの知り合いなのかな。しばらく話したあと、「少々お待ちください」と言って、広瀬くんはカウンターへ戻って来た。

「ブレンドの注文が入ったけどできるか？」

「私、一人で……？」

自信はなかった。不安だった。でも、隣には広瀬くんがいる。分からないことは聞けば教えてくれる。それに、メモ帳を見ながらだったら何とかできる気がする。

「や、やってみる」

メモ帳をカウンターに置いて、それを見ながら豆を挽いていく。広瀬くんは私の隣で作り方を見てくれた。そうして何とかブレンドコーヒーを完成させる。もちろん手際が悪くて時間はかかったし、途中工程が分からなくなって広瀬くんの力も借りたけれど。

「じゃ、これ持って行って」

「えっ、私が？　接客できるかな……」

「大丈夫。木下ならできるから」

ケーキとブレンドコーヒーが載せられているトレーは結構重たくて、バランスを崩さないように慎重に歩いてお客さんの元へ向かう。

「おっ、お待たせしました！」

初めての接客に、緊張して声が上擦ってしまう。

やってしまった……！　と心の中で盛大に反省をしながら、トレーのものをテーブルに置いていく。

「ご、ごゆっくりどうぞ」

いつも広瀬くんが言っている言葉を思い出し、見よう見まねで軽く頭を下げて、カウンターに戻る。

「今の人、ここの常連さんだから覚えておいて」

「うん、分かった」

それから来店するお客さんの対応を広瀬くんが、ドリンクを私が担当することになる。少しでも私が困っていると、広瀬くんがやってきてサポートをしてくれる。時間ができると、ホイップを使用したドリンクも教えてもらった。作り方を分かってはいても、いざ実践してみると頭で思い描いている形にならなかったりして苦戦した。

そして四時間はあっという間に過ぎていった。

「お疲れ様でした」

夕方十七時にアルバイトが終わった。

「あっ、柚葉ちゃんちょっと待って」

帰る前に千枝子さんに引き止められる。

何だろう、と入り口のそばで待っていると、「はいっ」とホイップが載っていたカフェモカというものを手渡された。

「柚葉ちゃん、今日初日で大変だったでしょ。きっと今甘いものが欲しくなってるんじゃないかと思って。だから、飲みながら帰って」

「……いいんですか？」

「もちろんよ。それにね、さっき紘に聞いたらね、柚葉ちゃんすごく頑張ってたって言ってたわ」

広瀬くんが私のことを褒めてくれた？

「ほんとですか？」

「ええ。あの子、そういうところはしっかり見てる子だから」

私の覚えが悪くて迷惑しかかけていない気がしたのに、そんなことを言ってくれていたなんてすごく嬉《うれ》しい。胸が熱くなる。

「早く覚えてみんなの役に立てるように頑張ります！」

「ありがとう。でも、焦りは禁物よ。少しずつ一緒に覚えていきましょうね」

初めてのアルバイトに緊張していたけれど、ここで働くことができてとても嬉しい。

二人とも優しいから、なんとか続けていけそうだ。

「それとね、帰りはあの子に送らせるから」

「いえっ、そんな……！　今明るいので大丈夫ですよ！」

まだ日が高くにあるし明るいから送ってもらうわけには、そう思って躊躇《ためら》っていると、「女の子一人で帰らせるわけにはいかないわ」と千枝子さんが言ったあと、入り口のドアが開いた。

「あら、来たわね。それじゃあ柚葉ちゃん、また明日《あした》もお願いね！」

私の肩をポンッと叩《たた》いたあと、手を振って店内に戻って行った千枝子さん。

「ばあちゃんから聞いただろ」

「あ、うん。でも、まだ明るいし全然一人でも……」

「送る。てか話したいこともあるし送らせろ」

広瀬くんが真っ直ぐ私を見つめて、そんなことを言うから、断ることはできなかった。

私の隣に並んで、ゆっくり歩いていく。

「ほんとに広瀬くんが抜けちゃって大丈夫なの？」

「少しくらい平気。それにばあちゃんが店開いたの三十年も前だぞ。ベテランだから大丈夫」

「すごい、そんな長い間愛されてるお店なんだね」

「まあ俺には口うるせぇけど、常連さんには好かれてるみたいだな」

今日一日働いてみて感じたことは、この店が常連さんにとっても愛されているお店だということ。広瀬くんのことを小さな頃から知っている人も来て、広瀬くんと仲良さそうに話をしていた姿も見た。私の知らない広瀬くんを、常連さんたちは知っているんだろうなあ。小さい頃の広瀬くんはどんな子だったんだろう。何が好きで、何が嫌いなのか。どんな遊びが好きだったのか、どんなふうに笑う子だったのか。知りたかった。

「初日働いてみてどうだった？」

「最初はすっごく緊張したの。アルバイトするの初めてだし、コーヒーの知識なんか全然なくて、ほんとに大丈夫なのかなって不安で……」

憧《あこが》れだけで思っていたのと実際働いてみるのは全然違った。想像していたものより何倍も働く大変さが身に染みて分かった。

「だけど、広瀬くんがゆっくり教えてくれたし私に寄り添ってくれる形で進めていってくれたから、すごく働いてて楽しいって思えた」

今も勉強だけをしていたら、きっとこんな感情を知らずに過ごしていたに違いない。

「そっか、ならよかった。一気に教え過ぎたかなってちょっと思って」

「ううん、そんなことないよ。書く時間もくれたし、優しく丁寧に教えてくれたからすごく楽しかった」

広瀬くんが優しかったから、少しずつ覚えることができて、いつのまにか緊張も忘れて楽しんでいた。

「なんかね、自分の知らなかった世界がこんなにあるんだなぁって実感したらね、わくわくが止まらないの。こういうのを充実した生活って言うのかなぁ」

今まで踏み込むこともできなかった世界に私はいる。

その一方で不安もあった。

「だけど、こんなに充実してる生活を送って大丈夫なのかなって少し心配してる」

「何で？」

「だってあまりにも良いことばかりが続くから。お姉ちゃんと仲直りできて、お母さんとお父さんが許してくれたのだってそうだし、アルバイトの許可が下りたのもそうだし。この辺りで罰が当たったり……」

と私が悪い方向へと考えていると、「当たんねぇよ」と間髪を容《い》れずに広瀬くんが答える。

「今まで木下は苦しんできたんだ。良いことが続くのは悪い予兆じゃねぇよ。素直に楽しんどけばいい」

「……そうなのかなぁ」

「これからは誰にも遠慮する必要なんてないし自分の気持ちを我慢する必要もない。木下の好きなように、自由に生きていいんだ」

私を縛るものは何もない。自由に生きていい。

ふと見上げた空に、一羽の鳥が優雅に翼を広げて飛んでいた。

あの鳥のように好きなように飛ぶことができる。

――それを教えてくれたのは、今隣にいる広瀬くんだ。

「広瀬くん、ありがとう」

少し前を歩いていた広瀬くんに声をかけると、「は？」と彼は立ち止まる。

「私、広瀬くんがいたから頑張れた。広瀬くんがいたからここまで諦《あきら》めずに進むことができた」

最初は怖くて近づき難い雰囲気で、クラスメイトなのに話したことがなくて。だけど、話してみると全然そんなことはなくて、ぶっきらぼうだけど実は優しくて。いつだって私の背中を押してくれた。

「私一人だったらずっとできなかったと思う。お母さんたちに自分の思いを伝えることもしなかったと思う」

勇気がなくて、できなかったんだ。

「でも、広瀬くんが味方になってくれて相談にものってくれたから、私も一歩踏み出すことができて、お姉ちゃんと和解できたしお母さんたちと進路のことも話すことができた」

誰にも打ち明けることができなくて一人で抱え込んで、どんどん重圧に押し潰《つぶ》されて。最後に私は消えてしまっていたかもしれない。

ずっと言えなかったら今、こんなふうに笑い合うこともなかったと思う。

「広瀬くんが私に逃げ場をくれたから、いつだって私の味方でいてくれたから今の私があるんだなって思って」

不意に広瀬くんを見ると、彼は固まっていた。突然のことで驚いたのかもしれない。

「急にごめんね。どうしても言いたくなっちゃって……」

我に返ると羞恥心《しゅうちしん》が私を襲い、手で頬を煽《あお》いでいると、「それはこっちのセリフ」と広瀬くんが返事をする。

「俺は今まで人のことなんて信用してなかった。過去のこともあったから、どうせ信じてもらえないって頭から否定して人を寄せつけないように生きてきた。ただ、ぼんやりとつまらない毎日を過ごす。これからもずっとそうやって一人で生きてくんだと思ってた」

広瀬くんが歩んできた人生は、充実とはかけ離れている。どれだけ過去の出来事を聞いても理解するには程遠くて、〝辛《つら》かったね〟なんて言葉で慰めたとしても、それは広瀬くんにとって同情にすぎない。

「でも、木下と出会って俺は変わった」

私を見つめて、わずかに口元を緩める。

「木下だけは俺のことを信じてくれた。俺の過去を知ってもそばにいてくれた。俺のために怒ってくれた。一人じゃない。誰かがそばにいる、味方でいてくれるってすげぇ心強いんだなって思った」

そして、私を真っ直ぐ見据えて言った。

「ありがとな、木下」

私は嬉しくて目頭が熱くなって、俯《うつむ》いた。

――お礼を言うのは私の方なのに。

私は一人じゃ何もできなくて、そこから逃げる勇気もなくて、ずっと我慢してきた。声を押し殺していた。

だけど、広瀬くんが私に希望をくれた。光をくれた。私に夢を見ることを与えてくれた。私が自由に空を飛べるようになったのは、他でもない広瀬くんのおかげだ。

「なあ、木下」

広瀬くんが私を呼ぶから私は顔を上げる。

「俺たちは、これから長い人生を生きる。生きなきゃいけない。だけど明日《あした》がどうなるかなんて誰にも分からない」

広瀬くんらしくないことを言われて困惑する。

「突然どうしたの？」

尋ねると、彼は私の目を真っ直ぐ捉《とら》える。

「今日までいた人が明日いなくなる現実を俺は知ってる。会えなくなって言葉も交わせなくて、どんなに後悔しても遅い。だから俺は後悔しないために言葉を残す。ちゃんと伝えたいから」

広瀬くんは一歩私に近づいて、言葉を続ける。

「木下が悩んだとき誰よりも力になってやりたい。木下の一番の理解者でいてやりたい。困っていたらすぐ飛んで助けにいきたい。木下の顔を見て声を聞いて、これからもずっと笑い合いたい。今だけじゃない。これから先も続いてほしい。そしてそれが俺であってほしい」

告げられた言葉に私は思わず息を呑《の》む。

「もしも木下が俺と同じ気持ちでいてくれるのなら、俺の手を取ってほしい」

そう言って広瀬くんは私にゆっくりと手を伸ばす。

もうすぐ高校生になってはじめての夏がくる。この夏は、どんな夏になるだろう。新しい思い出を、広瀬くんとどれだけ作れるだろう。

辛いとき苦しいとき、一番初めに思い出すのは広瀬くん。嬉《うれ》しいときにも、真っ先に君の笑顔が浮かぶ。

この感情に名前をつけるとしたら、それはきっと。

「……まわりくどくてわかりづらいよ……でも、私も……同じ」

そうっと彼の手に触れると、広瀬くんは少し微笑んで目を伏せた。

「明日もその次も、その次の日も、広瀬くんと一緒に笑っていたい」

人生は、楽しいことばかりじゃない。

辛いことも苦しいことも待ち受けている。それでも私たちは立ち止まらない。これから先に待っている幸せに向かって進んでいく。

辛いことがあったら半分こして、嬉しいことがあったら一緒に分かち合いたい。悲しいことがあったら一緒に悲しんで、楽しいことがあったら一緒に楽しいねって笑い合いたい。

ひとりでは不可能なことでも、ふたりなら乗り越えられる。

きっと私たちなら、大丈夫。

私たちには、未来がある。希望がある。たくさんの夢を見てもいい。

見たことのない景色や思い出。出会ったことのない日々を私たちは、これから探しに行く。

この広い大空を大きな翼を広げて、飛んで行ける。

どこまでも、どこまでも——。

「じゃあ帰るか」

「うん」

温かくて心地よい風が、手を繋《つな》ぐ私たちの間を通り抜ける。

もうすぐで夏がやってくる。

あとがき

本作を最後までお読みいただき誠にありがとうございます。

はじめましての方も、お久しぶりの方もいるかと思います。改めまして、水月《みづき》つゆです。

この度は、『君だけに紡ぐこの声を聞いて』を手に取って下さって、誠にありがとうございます。

今回のお話では、主人公の優等生の柚葉が自分の思いを出せずに、母親の言う通りに過ごし、苦しさを抱えています。そんな柚葉に手を差し伸べてくれたのはクラスメイトの広瀬。彼は周りから恐れられた存在で、いつも一人で過ごしています。彼もまた過去に苦しみを抱えています。それがSNSで暴かれてしまい、悩み、苦しみます。

本作でも触れますSNSですが、今は、便利な世の中です。スマホやパソコンで文字を打つことができ、簡単に自分の思いを伝えることができる。言葉は、使い方を間違えると、善にも悪にもなります。言葉は刃《やいば》にもなってしまいます。人を傷つけてしまいます。

言葉というものは、とても難しいです。日常の中で当たり前に使っているからこそ、言葉の重要性をあまり考えなくなります。誰かの当たり前の言葉が誰かを傷つけることもあるのです。言葉は、簡単なようで意外と難しい。だからこそ、多くの人の目に触れるときは、より一層考えなくてはならないと思っています。

私自身、本作を執筆中、言葉について考えることが増えました。普段、自分はどんな言葉を使っているのだろう……と、思い返すいい機会になりました。そして変化もありました。明日、自分がどうなるかなんて誰にも分からない。だからこそ後悔しないために、今日思いを伝えよう。そんなふうに言葉を大切にするようになりました。

人は一人では生きられません。誰かに支えられて生きています。知らない間に誰かに支えられて、また知らない間に自分が誰かを支えている。自分の小さな勇気が誰かを支えていることもあります。

小さな優しさが大きな優しさになり、そして、世界が優しさで溢《あふ》れますように……。

二〇二三年　秋

本書は書き下ろしです。

君《きみ》だけに紡《つむ》ぐこの声《こえ》を聞《き》いて

水月《みづき》つゆ

令和5年 12月25日　初版発行

発行者●山下直久

発行●株式会社KADOKAWA
〒102-8177　東京都千代田区富士見2-13-3
電話　0570-002-301(ナビダイヤル)

角川文庫 23938

印刷所●株式会社暁印刷
製本所●本間製本株式会社

表紙画●和田三造

ISBN 978-4-04-114083-3　C0193

角川文庫発刊に際して

角川源義

第二次世界大戦の敗北は、軍事力の敗北であった以上に、私たちの若い文化力の敗退であった。私たちの文化が戦争に対して如何に無力であり、単なるあだ花に過ぎなかったかを、私たちは身を以て体験し痛感した。西洋近代文化の摂取にとって、明治以後八十年の歳月は決して短かすぎたとは言えない。にもかかわらず、近代文化の伝統を確立し、自由な批判と柔軟な良識に富む文化層として自らを形成することに私たちは失敗して来た。そしてこれは、各層への文化の普及滲透を任務とする出版人の責任でもあった。

一九四五年以来、私たちは再び振出しに戻り、第一歩から踏み出すことを余儀なくされた。これは大きな不幸ではあるが、反面、これまでの混沌・未熟・歪曲の中にあった我が国の文化に秩序と確たる基礎を齎らすためには絶好の機会でもある。角川書店は、このような祖国の文化的危機にあたり、微力をも顧みず再建の礎石たるべき抱負と決意とをもって出発したが、ここに創立以来の念願を果すべく角川文庫を発刊する。これまで刊行されたあらゆる全集叢書文庫類の長所と短所とを検討し、古今東西の不朽の典籍を、良心的編集のもとに、廉価に、そして書架にふさわしい美本として、多くのひとびとに提供しようとする。しかし私たちは徒らに百科全書的な知識のジレッタントを作ることを目的とせず、あくまで祖国の文化に秩序と再建への道を示し、この文庫を角川書店の栄ある事業として、今後永久に継続発展せしめ、学芸と教養との殿堂として大成せんことを期したい。多くの読書子の愛情ある忠言と支持とによって、この希望と抱負とを完遂せしめられんことを願う。

一九四九年五月三日